수필로 음미하는 생활 속 名言

수필로 음미하는 생활 속 名言

수필로 음미하는 **생활 속 名言**

김세관 수필집

지은이 | 김세관
펴낸이 | 김영빈
펴낸곳 | 도서출판 시아북(詩芽Book)
발행일 | 2025년 08월 09일

출판등록 | 2018년 3월 30일
주소 | 대전광역시 동구 선화로214번길 21(3F)
전화 | (042) 254-9966
팩스 | (042) 221-3545
E-mail | siab9966@daum.net

값 15,000원

ISBN 979-11-94392-39-2(03810)

시아북수필선 017

수필로 음미하는
생활 속 名言

김세관 수필집

평범한 사람들의

진솔한

생활 속 이야기

제가 살아오는 과정에 무릎을 치게 한 명언은 많았지요.
유명한 철학자나 작가가 아닌, 평범한 사람들의 진솔한 생활 속 이야기가
더 진한 울림을 주곤 하였습니다. …
그런 말은 누구나 쉽게 이해할 수 있는 게 장점이기도 합니다.

시아북
詩芽BOOK

수필과 함께하는 행복
- 고마운 많은 분을 떠올리며

충남문화관광재단의 '개인 작품집 지원금 지급 대상자'를 확인하고, 고마운 많은 분이 떠올랐습니다. 제가 그동안 즐거운 마음으로 수필을 쓸 수 있었던 것은 많은 분의 응원 덕분이었지요. 친가, 외가, 처가의 가족 외에도 많은 분으로부터 눈물겨운 사랑을 받았습니다.

우여곡절 끝에 2012년, 첫 수필집을 냈습니다. 문학 활동을 시작하고 무려 35년, 등단하고도 22년 만의 일입니다. 당시

100여 명의 직장 동료들이 먼저 떠오릅니다. 많은 축하와 따뜻한 격려가 있었지요. 『내일도 홈런』의 집필을 부추긴 남 원장님, 책을 내는 계기를 제공해 주신 이 아나운서님, 제 집필실 역할을 한 '청도산방'을 마련할 때, 큰 도움을 주신 홍사단 안 선배님, 구술채록 사업에 참여할 기회를 주신 이 관장님을 비롯한 많은 문단의 선후배와 문우들…….

고마운 분들은 또 있지요. 부족한 제 수필을 읽고 감동했다며 격려해 수시는 애독자늘이십니다. 양양에서 펜션을 운영하시는 백 선생님의 특별 초대가 있었고, 원자력발전소 건설 기술의 권위자로 알려진 송 사장님 내외분, 제 수필을 몇 번씩 반복해서 읽으신다는 예산의 김 선배님, 제 인생의 은인으로 여기는 학창 시절의 박 후배님 내외분, 제 저서를 읽고 장문의 편지를 보내신 애독자 몇 분 등, 다 열거할 수 없을 정도입니다.

글쓰기를 즐기면서 작은 고뇌苦惱가 있었습니다. 애당초 욕심이 없이 시작한 일이긴 하지만, 제가 수필을 쓰는 일이 하찮게 여겨질 때였지요. 동가홍상同價紅裳이라고 했듯이, 몇 사람에게라도 감동을 줄 수 있으면 더 좋지 않겠는가 하는 마음을 이따금 갖게 되기도 했습니다.

제가 많은 수필을 읽으면서도 감동의 글을 만나기가 쉽지 않았지요. 그렇다면 제 글이 감동이었다는 인사 말씀도 다시 생각해 보게 되었습니다. 문제는 감동을 주는 수필을 쓴다는 게 욕심을 낸다고 되는 일이 아니라는 점이지요. 일찍이 저는 감동을 주는 수필은 언감생심이고, 재미있는 글이라고 쓰고 싶다고 한 적이 있었지요. "수필은 품격의 문학이다."라고 하신 어느 수필가의 말이 떠올랐습니다. 억지로 웃기려고 하는 글은 품격이 떨어지지 않을까 싶은 생각이 들었습니다.

100세 시대라는 말을 하고 100세를 훌쩍 넘기고 글을 쓰시는 김형석 교수님도 계시지만, 오래 글을 쓰고 싶은 욕심은 없습니다. 안고수비眼高手卑의 자신을 알아차리게 되면서, 일모도원日暮途遠의 심정입니다. 욕심을 낸다고 될 일이 아니라면, 글쓰기도 안분지족의 마음을 가지려 합니다.

　　이 책의 '수필로 음미하는 생활 속의 명언을 시작하며'에 언급되긴 했지요. 이 글을 쓰게 된 동기는 조금이라도 더 의미 있는 글을 쓰고 싶은 고뇌의 소산이었습니다. 다행스러운 것은 이 글을 쓰며, 제 주변의 고마운 분들을 생각할 수 있게 된 점이지요. 초등 교육의 혜택조차 누리지 못한 부모님 이야기가 많이 나와 민망하지만, 제 후손이나 조카들에겐 평소에 하고 싶어도 하지 못했던 걸 대신하는 의미로 삼겠습니다.

　　끝으로 책을 낼 수 있게 지원해 주신 충남문화관광재단 관계자, 작가론을 대신한 '수필로 쓰는 김세관'을 통해 과찬의 말씀으로 저를 멋쩍게 하신 김용순 한국문인협회 충남지회장님, 그리고 인세 출판으로 간행된 책을 제외하면 제 저서의 출판을 모두 맡아주신 출판사 관계자 여러분께도 깊이 감사드립니다.

2025년 8월

저자 **김세관** 올림

차례

차례

청소년기에 어떤 사람을 만나느냐에 따라
인생의 판도가 결정된다는 말이 있습니다.
예전에 비해 요즈음의 청소년들은 인생의 목표를 설정하
는데 있어서 물질적인 가치에 더 비중을 둔다고 해서 안타
깝기만 합니다.

첫째 마당

苦惱하는 젊음은 아름답다

'수필로 음미하는
생활 속 名言'을 시작하며

저는 오랜 기간 연작 수필을 즐겨 썼지요. 원고 청탁을 받으면 어떤 주제의 글을 쓸 것인가 망설이며, 많은 시간을 허비하곤 했습니다. 실제로 글을 쓰는 시간보다 뜸을 들이는 시간이 더 많았던 셈이지요. 참으로 안타깝기 짝이 없었습니다. 그러다가 궁리 끝에 생각해 낸 것은 같은 주제의 글을 이어가는 연작 수필이었습니다.

첫 주제는 저의 어린 시절이었고, 다음에는 중학교 1학년 여학생들과 생활하면서 겪었던 재미있는 이야기를 엮은 '헐~시리즈'이었습니다. 『내가 정말 헐~인데』 14편의 연작 수필은 첫 작품집의 제호가 되어 주기도 했지요. 야구광인 남 원장의 권유로 시작한 연작 수필, '수필로 읽는 야구 이야기' 40편은 야구 수필집 『내일도 홈런』으로 태어났습니다. 35% 인세를 받기로 출판 계약을 맺고, 기대감에 부풀기도 했습니다. 다시 귀촌 생활을 소개하는 39편의 수필은 『산촌의 소확행』이란 제호의 수필집으로 수확의 기쁨을 주었습니다. 출판 비용 전액을 도 문화관광재단으로부터 지원받아, 작가로서의 자긍심을 갖기도 했습니다.

수필집을 내고 이제 어떤 내용의 연작 수필을 시작해야 할지, 많은 생각이 있었습니다. 한 편의 수필 내용을 결정하는 일이라면 그렇게 어려운 일이 아니겠지요. 책 한 권의 분량을 생각하다 보니 그 결정이 길어질 수밖에 없었습니다.

첫 생각은 저의 병영 생활이었습니다. 매우 특이하고 재미있는 일이 많았기 때문이지요. 그러나 흥미 위주로 흘러갈 걱정이 있었습니다. 제 독자의 대부분은 여성 문우들인데, 그들이 가장 싫어하는 화제는 군대 이야기라는 말이 떠올라서 제쳐두기로 했습니다.

다음은 요즈음 크게 주목받고 있는 환경 이야기입니다. 20년 가까이 부전공인 환경 과목을 가르치기도 했고, 지역 환경운동연합의 운영위원 경력을 살려보고 싶었습니다. 환경운동가는 잔소리꾼이라고 하지요. 그들의 눈으로 보면 환경에 거슬리는 모습이 너무 많아서 잔소리꾼이 될 수밖에 없습니다. 따라서 글의 내용도 잔소리처럼 들릴 가능성이 염려되었습니다.

전에도 생활 속의 명언을 소재로 수필 몇 편을 쓴 일이 있습니다. 제가 살아오는 과정에 무릎을 치게 한 명언은 많았지요. 유명한 철학자나 작가가 아닌, 평범한 사람들의 진솔한 생활 속 이야기가 더 진한 울림을 주곤 하였습니다. 명작 속의 극적인 내용과 함께 등장인물이 토해내는 말이 명언으로 회자하듯이, 직접 체험한 생활 속에서 만들어지는 말도 충분한 명언의 가치가 있다고 보았습니다. 그런 말은 누구나 쉽게 이해할 수 있는 게 장점이기도 합니다.

글의 소재가 될 만한 생활 속의 명언을 여러 개 적어 보았습니다. 모두 제 주변 사람이 들려준 평범하고 쉬운 말이라는 점이 새롭게 다가왔습니다. 걱정되는 점은 사람마다 느끼는 감정이 다르다는 점입니다. 또한, 다들 알고 있는 내용일 수도 있어서 글을 읽는 의미가 반감되지 않을까 걱정도 되었습니다. 이러한 점을 염두에 두고, 그 명언이 명언으로 여겨지게 된 배경을 살리려고 합니다. 그러면 제가 왜 평범한 말을 명언으로 꼽게 되었는지 이해할 수 있지 않을까 싶습니다.

이자는 잠도 자지 않는다
- 수필로 음미하는 생활 속의 名言 (1)

선친께서 저에게 남기신 말씀이 많습니다. 그 하나를 꼽는다
면 단연 이 말씀이 될 수밖에 없겠네요. 제가 70년이 넘는 세
월을 살아오면서 제 생활에 가장 영향을 많이 미친 말이기 때
문입니다. 물론 좋은 쪽으로 미친 영향이 크지만, 근검절약 정
신을 발휘하느라 주변 사람들에게 너무 인색했던 것은 아닌가
반성도 합니다.

어떤 사연으로 선대로부터 큰 빚을 물려받게 되었다고 합니
다. 조부께서는 농사를 지었지요. 당시 산골짜기 마을의 농업
은 먹고 살기에도 급급한 실정이어서, 그 소득으로 도무지 빚
을 갚을 수 없었지요. 어쩔 수가 없어서 선친이 장사를 나서게

되었다고 합니다.

자본도 없고 경험도 없으면서 쉽게 할 수 있는 장사로 선택한 것은 어머니와 함께 시골 마을을 순회하며, 체를 만들어 파는 행상行商이었습니다. 지금과는 전혀 다른 떠돌이 신세였고 어려운 점이 너무나 많은 고난의 행군이었습니다. 체의 재료인 쳇바퀴 판재板材를 말아놓은 것을 비롯한 짐의 무게가 대단했는데, 당시는 교통편도 매우 열악하기만 했습니다. 택배는커녕 수하물 이용도 할 수 없었지요. 더구나 등짐을 지고 3~4일 간격으로 끝없이 이동해야 하는 상황이었지요.

다행히 고생한 보람은 있어서, 몇 년 고생으로 빚을 청산할 수 있었다고 합니다. 농사를 짓는 것보다 힘든 일이었기에, 바로 장사는 끝내게 되었다고 하지요.

이제 돌이켜 보면 선친께서 고생하셨지만, 그 일은 제가 빈농의 아들로 태어나 대학을 졸업할 수 있게 한 행운으로 작용했습니다. 그 경험에 따라, 고생하더라도 자식을 가르쳐야겠다는 용기를 내실 수 있었기 때문입니다. 또 하나의 행운은 장남이었던 선친께서 분가했기에 고향을 떠날 수 있었다고 여겨지는데 그 사연은 이렇습니다.

제 위로 7남매를 잃은 어머니께서는 4년이나 태기가 없었다지요. 자식을 두지 못할 팔자로 알고 낙담하고 있다가, 저를 임신한 어머니께서는 시부모에게 일방적으로 분가를 선언했다고 합니다. 본댁을 벗어나야 태중의 아기를 건질 수 있겠다는 마음이었다고 합니다. 당시로서는 시부모 앞에서 그런 모습을 보인 것은 대단한 일이었겠지요. 무엇보다 아기가 아파서 먼 거리에 있는 의원이라도 찾아가려면, 시부모의 처분을 기다려야 했기 때문입니다. 그러다 잘못된 것이 뼈아파서 같은 마을의 행랑채를 얻어 몸을 푼 것이었습니다.

　제 고향은 깊은 산골짜기 마을이지요. 가구당 농지 면적이 매우 적을 수밖에 없었습니다. 적은 농토의 1/3을 불려받았으니, 식량도 부족한 실정이었습니다. 다른 글에서도 소개한 바 있지만, 80호가 넘는 고향 마을에서 제 선배들은 중학교에 진학한 사람이 1년에 한두 명 정도였지요. 동네에서 부자로 손꼽힐 정도이거나 수재 소리를 듣는 경우만 가능했던 일이었습니다. 선친께서는 자식에게 가난을 물려주지 않기 위해서는 공부를 가르치는 방법밖에 없다는 생각이었고, 그러기 위해서 고생을 각오하고 장사의 길로 나서기로 결단을 내리셨습니다. 여기서 지나칠 수 없는 것이 있습니다. 장남으로서 부모를 모시고 살았다면, 자식을 가르치기 위해 고향을 뜨겠다고 말씀드리기가 어려웠을 텐데, 어머니의 용단으로 분가하고 숙부가 조부모를 모셨기에 그 일이 가능했던 셈입니다.

선친이 돌아가시고 뒤에 마을 어른이 하신 말씀입니다. 선친께서 고향을 떠나시며 이렇게 말씀하셨다 합니다.

"아무리 열심히 농사를 지어서 땅을 배로 늘려도 두 아들에게 나누어 주면, 고생은 고생대로 하고 가난을 벗어날 길이 없다. 하지만 장사를 해서 공부만 가르쳐 놓으면, 땅 한 평을 물려주지 못해도 편하게 잘 살 수 있다고 생각한다."

어찌 보면 선친은 마을에서 자식 교육의 선구자인 셈입니다. 제 위로는 중학교 진학자가 극소수였지만, 제 아래로는 대부분이 중학교에 진학하는 획기적인 변화를 가져왔지요. 물론 시대적인 변화가 있기도 했겠지요.

선친께서는 여러 차례 말씀하셨습니다. "이 세상에 가장 무서운 것은 빚이다. 그 빚의 이자는 잠도 자지 않고 자란다. 한번 빚더미에 올라앉으면 그 빚을 갚기가 너무나 어렵고 힘들다. 절대로 빚지지 말고 살아야 한다."

어린 시절부터 저는 철저하게 가정 경제에 대한 교육을 잘 받은 셈이지요. 또한, 저는 지금까지 빚처럼 무서운 게 없다던 그 말씀을 잘 명심한 탓에 빚으로 고생하지 않고 살아온 셈입니다. 어려운 일이 있을 때는 철저한 내핍 생활로 쉽게 극복하기도 했지요.

개떡같이 말해도 찰떡처럼 들어라
– 수필로 음미하는 생활 속의 名言 (2)

어머니께서는 깊은 산골짜기, 심산유곡의 외딴 마을에서 태어났습니다. 걸어서 다닐 수 있는 학교라곤 아예 없었고 버스는 구경도 못했다고 하지요. 지금은 늦게나마 한글을 깨칠 기회가 주어지곤 하지만, 돌아가신 지가 40년도 훌쩍 넘은 어머니께는 그런 기회도 주어지지 않았습니다. 이따금 노년에 한글을 익히고 좋아하시는 분들의 이야기를 들을 때면, 명색이 교사이면서 어머니가 불편하게 사시는 모습을 보고만 있었던 일이 한으로 남습니다.

어머니께서는 평생 가난하게 사셨지요. 저희 형제를 가르치기 위해 장사를 하셨지만, 아버지의 병환으로 고생하면서 빚을 지기도 했습니다. 빚을 해결하자 아버지는 돌아가셨지요. 아버지가 만든 체 장사는 그래도 이문이 남았었나 봅니다. 남이 만들어 주는 체는 이문도 크게 줄어들었지만, 품질이 떨어져서 매우 속이 상해 하셨습니다. 고객께서는 "왜? 예전과 다른 물건을 팔고 다니세요?"라고 묻곤 했다지요. 그 이유를 설명해야 하는 심정이 오죽했을까 싶어서, 저는 속울음을 삼켜야 했습니다.

저희 형제 학비를 어렵게 조달하면서 두 자식이 손을 내밀 때마다 가슴이 덜컥 내려앉곤 하셨겠지요. 그래도 작은아들까지 다 학업을 마치는 걸 보셨으니, 일단 끝은 좋았다고 여길 수 있었습니다. 그러나 아우가 대학을 졸업하며 바로 결혼하자 이제 할 일을 다 마치셨다는 듯이 홀연히 하늘나라로 가셨습니다.

모진 고생만 하시다가 돌아가신 어머니가 참으로 저를 슬프게 했습니다. 차라리 저희 형제가 고생하더라도 몇 년 일찍 돌아가셨으면 싶었습니다. 그렇게 전혀 효도를 받지 못하실 바에야 고생이라도 좀 덜 하고 가셨으면 하는 마음이었던 것입니다. 그런 어머니를 생각할 때면 돌아가신 지 40년이 훌쩍 넘은 지금도 가슴이 먹먹해지곤 합니다.

여러 회한이 많은 중에도 평생 문맹으로 불편하게 사신 점이 무엇보다 안타깝기만 합니다. 따라서 학교를 핵교라 발음하는 등 생활 언어마저 정확하게 사용하지 못했고, 어법語法에 맞지 않게 말씀하시는 경우가 많았습니다.

매우 기상천외한 일도 있었습니다. 특히 외래어의 경우는 전혀 엉뚱하게 발음했기 때문입니다. 발음이 아주 쉽다고 여겨지는 '버스'가 '빤스'로 둔갑했으니 말입니다. 다른 사람들 앞에서도 그렇게 말씀하실 걸 생각하면, 제가 얼굴이 붉어질 지경이었습니다. 저는 지적할 수밖에 없었지요. 그럴 때마다 하시는 말씀이 바로 "말을 개떡같이 해도 찰떡처럼 들어라."라는 것이었습니다.

그 밖에도 잘못 말씀하시거나 발음이 정확하지 않은 경우는 아주 많았지요. 고향에서 살았던 어린 시절에 가까이 있는 남자 친구는 한 명뿐이었습니다. 자연스럽게 그와 어울리는 일이 많았습니다. 7형제인 그는 식구가 단출한 우리 집에 놀러 오는 경우가 많았습니다. 그의 이름은 상현이었는데, 어머니는 '생연이'라고 발음하곤 했지요. 제가 상현이라고 바로 잡아 주어도 소용없었습니다. 다른 글에서 같은 마을의 친구는 여자 한 명뿐이라고 했는데, 상현이는 초등학교 3학년 때 대전으로 전학을 갔습니다.

조금 떨어진 마을에는 성경이란 친구가 있어서 이따금 놀러

왔습니다. 그의 이름을 말할 때는 또 '셍겡이'이라고 잘못 발음하셨습니다. 물론 동네 어른들이 다 그렇게 부르는 탓이기도 했지요. 저는 어른들이 제 이름을 정확하게 부르는 것을 보고 "참, 내 이름은 잘 지어주셨구나."라고 생각하곤 했습니다.

물론 학교를 많이 다닌 사람도 무심코 말하다 보면, 실수하는 경우는 많습니다. 저는 평생 교직에 몸담고 있으면서 학생들이 어법에 맞지 않게 말하거나 적확的確한 단어를 사용하지 않으면 지적하곤 했지요. 또 문학 활동을 하며 지역 문학지의 교정을 보는 일에 오래 참여하다 보니, 친구들과 대화를 나누는 중에도 지적하는 나쁜 버릇을 갖게 되었지요. 아니, 그런 버릇으로 면박을 당하기도 했습니다.

새삼스레 갖게 되는 생각입니다. 그래 보아야 효과도 없는 걸 이제라도 알았으니, 어머니의 말씀을 새롭게 명심하고, 상대방 말의 오류를 지적하는 버릇을 고치려고 합니다. 그것은 여생을 둥글둥글 살아가기 위해서도 꼭 필요하겠으니 말입니다.

사람도 죽고 사는데 (1)
- 수필로 음미하는 생활 속의 名言 (3)

너무나 당연한, 다른 의견이 있을 수 없는 말입니다. 이 세상에서 가장 크고 중요한 일은 사람이 죽고 사는 문제라고 말씀드리려 합니다. 어떤 사고가 발생하면 인명 피해가 가장 큰 관심사이고, 언론 보도에서도 이 문제를 꼭 짚고 넘어가기도 하지요. 가까이 지내는 사람이 장례를 모신 후면, 큰일을 치르느라 얼마나 힘이 드셨느냐며 위로하곤 하는 걸 보아도 그렇습니다.

저는 살아오면서 대범한 성격을 가진 사람을 가장 부러워했습니다. 소심한 성격이면 마음 편할 날이 없고, 작은 일로 잠을 설치는 날이 많습니다. 자승자박이라는 말이나 자기 신세를 자기가 볶는다는 말이 저에게 딱 맞는 말이지요. 필요 이상으로 걱정하는 자신을 알아차려도, 금방 다른 생각으로 걱정은 이어집니다.

예전에 제가 퇴직할 날을 기다렸던 이유도 마음 편하게 살고 싶어서였지요. 그것은 착각이었습니다. 직장에서 해방되어 시간이 많다 보니, 하지 않아도 될 걱정을 하는 일이 더 늘어났습니다. 먼 훗날의 일까지 미리 당겨서 걱정하게 되기도 하지요. 조금 부담이 되는 일이라도 앞두게 되면 자못 강박관념마저 갖게 됩니다.

이런 소심증小心症은 아마도 타고난 것이겠지요. 어렸을 때부터 종종 있었던 일입니다. 아버지께 이런저런 저의 걱정거리를 말씀드릴 때면, 으레 이렇게 말씀하시곤 했습니다. "사람이 죽고 살기도 하는데 그게 뭐 대수냐? 잘못되어도 큰일은 아니니 걱정하지 말거라." 어린 마음에 작은 걱정을 말씀드릴 때도 있었습니다. 그럴 때면, "큰일도 작게 나누어 두 번을 치르면 된다."라고 말씀하신 것도 기억납니다.

평생 소심증 때문에 고생하며 살고 있는 저에게는 아버지의 이런 말씀이 더없는 도움을 주고 있지요. 어느덧 돌아가신 지 50년을 훌쩍 넘기고도 그렇습니다. 요즈음은 이런 생각도 하지요. 아마도 사흘이 멀다고 갖게 되는 생각입니다. 이제 종

심從心의 나이를 넘겼으니, 좀 달라져야 하지 않겠느냐는 자
문自問입니다.

　퇴직을 얼마 앞두고 이 말을 요긴하게 써먹은 일이 있습니
다. 직원의 혼사에 모였다가, 가까운 곳에서 농장을 가꾸고 있
는 퇴직한 동료를 찾아가게 되었지요. 그냥 노후의 소일거리
로 만든 작은 농장인 줄 알았는데 깜짝 놀랐습니다. 면적도 엄
청나고 퇴직하고 얼마 되지 않았는데 훌륭하게 잘 가꾸어진 모
습은 깜짝 놀라기에 충분했지요.
　야구 선수이자 체육 교사 출신이어서 체력이 좋은 덕분이었
던 듯도 합니다, 갖가지 다양한 관상수觀賞樹는 퇴직 10년 전부
터 이미 심어서 가꾸었다고 합니다. 이런 재미있는 말도 들었
습니다. 퇴직 전엔 퇴근하고 어두워질 때까지 일을 하면 꽤 많
은 일을 할 수 있었는데, 퇴직 후에는 일을 훨씬 적게 한다고
합니다. 퇴직한 줄 알고 만나자는 사람도 많고, 무엇보다 농업
기술센터로 공부하러 다니느라 바쁘기 때문이라더군요. 더 큰
이유는 퇴직 전에는 다음 날 출근해야 하니 하던 일을 서둘러
마무리하곤 했지만, 퇴직해서 시간이 많아지니 일을 미루게 된
다고 합니다.
　더 재미있는 말도 들었습니다. 시간 가는 줄 모르고 일을 하
다 보면, 참 이상하더라는 것이지요. 쉬는 시간을 알리는 종소

리가 들릴 때가 됐는데, 종소리가 들리지 않아서 이상하게 여기며 시계를 보곤 했다는 것입니다. 주로 운동장에서 수업하는 체육 교사 출신이어서 그럴지도 모르지요.

농장을 방문한 기념으로 수련睡蓮 두 뿌리를 얻게 되었지요. 제가 학교 4H 지도교사를 맡고 있어서, 학교 본관 앞의 매우 큰 수조水槽에 심는 일은 저에게 맡겨졌습니다. 식재 요령에 대한 설명에 따라 제 나름대로 정성껏 심고 발아發芽를 기다렸습니다.

어느 날 그 농장을 같이 방문한 동료들과 식사하게 되었습니다. 이런저런 대화를 나누던 중에 한 동료가 저에게 불쑥 물었지요.

"권 부장님 농장에서 얻어온 수련, 싹이 나왔나요?"

"글쎄요. 살펴보고 있는데, 죽었는지 살았는지 아직 안 보이네요."

제 말을 받아서 그가 한 말입니다.

"죽었으면 할 수 없지요. 뭐~"

어쩌면 꽤 신경이 쓰이고 있던 참이어서, 걱정하지 말라는 의미로 들렸습니다. 저는 기다리고 있었다는 듯이 한 옥타브를 높여서

"그~럼요. 사람도 죽고 사는데~"

모두 함께 크게 웃어서, 참으로 유쾌한 기억입니다.

세상에 '100 : 0'은 없다는 말이 있습니다. 저는 이 말을 저의 소심증이 100% 나쁜 것만은 아니라는 뜻으로 받아들이려 합니다. 중요한 일을 앞두고 많이 걱정하다 보면 비교적 대비를 잘하게 되겠지요, 제 나름 그렇게 살았다고 자부심을 느끼고 있기도 합니다. 또, 걱정하던 일이 잘 풀리면 더욱 큰 기쁨을 맛보기도 지요.

사람도 죽고 사는데 (2)
– 수필로 음미하는 생활 속의 名言 (4)

미리 써 놓은 앞의 원고를 퇴고하던 중에 뜻하지 않은 산사태의 피해를 보았습니다. 산사태의 피해라고 하면 깜짝 놀라실 일인데, 피해 정도는 크지 않았지요. 매우 놀라기도 했고 뒤처리에 고생이 많았지만, 시청에서 재난 복구를 지원해 주어서 금전적인 피해가 적었다는 의미입니다.

4년 전에도 피해를 본 적이 있었지요. 제 나름대로 대비를 단단히 하고 3년 동안 전혀 문제가 없었기에 방심했었나 봅니다. 방심은 금물이라 했는데…….

충북 오송의 지하차도 침수와 경북 예천의 대규모 산사태로 인명 피해가 엄청났던 날, 꼭두새벽에 고함이 들렸습니다. 산사태를 알리는 소리였지요. 전에도 산사태가 그렇게 일어났는데, 비교적 낮보다 심야에 더 많은 비가 내리나 봅니다.

4년 전에 크게 고생한 기억이 되살아나서 가슴이 덜컥 내려 앉았지요. 문을 열고 나서자마자 이번에는 더 큰 산사태임을 직감할 수 있었습니다. 대비를 단단히 했다고 여겼지만, 그 노력이 무용지물이 되고 말았습니다. 건천이지만 이번에도 꽤 큰 도랑이 떠밀려 내려온 토사로 완전히 메워지고, 물이 새로운 도랑을 만들어 흐르고 있었습니다.

큰물이 나면 바위도 둥둥 떠밀려 내려온다는 말을 들어보셨는지요? 위에서는 도랑의 바닥 경사가 있어서 급류를 형성해 내려온 바위가 경사가 완만해진 제 밭에 버티고 있기도 했습니다. 도무지 인력으로는 해결될 일이 아니고, 포클레인을 부르려면 비용도 만만치 않을 일이었습니다. 또한, 다른 곳도 이런 피해를 본 사람이 많고 더 급한 곳도 많을 것으로 여겨져서, 포클레인을 부르기도 쉬운 일이 아니었습니다.

사실 그런 걱정은 다음에 할 일이었습니다. 꽤 많은 토사가 아래 캠핑장으로 넘어가고 있었지요. 이유가 어찌 되었든, 제 땅에 있는 도랑이 넘쳤으면 피해를 보는 사람에겐 미안할 일입니다. 조립식 패널 조각, 시멘트블록, 떠내려온 돌 등으로 넘치는 둑을 높이고, 올라오는 포장도로 쪽으로 물길을 돌리느라 두 시간 정도는 가쁜 숨을 몰아쉬며 뛰어야 했습니다.

급한 불은 껐지만, 비를 맞으며 두 시간 정도는 더 서 있어야 했지요. 바로 위에 있는 밭의 피해 상황도 궁금하고, 아래 캠핑장에 쌓인 토사의 양도 가늠해 보았습니다. 어찌 산에서 그렇게 많은 토사가 내려오는 것인지요. 대강이라도 정리가 필요했습니다.

일단 아래 캠핑장으로 물이 넘어가는 것을 해결해서 한숨을 돌렸지만, 걱정이 태산입니다. 앞으로도 300mm의 엄청난 비가 계속된다고 하고, 포클레인은 언제 올 수 있을지 기약이 없습니다. 당장 내일은 문학관 근무인데 폭우가 계속되어 심각한 상황이면, 누구와 급히 근무를 바꿀 수 있으려는지 모를 일입니다.

그날은 초저녁에 곯아떨어졌다가 화장실에 가느라 새벽 세 시에 일어나, 잠을 이루지 못하고 뒤척였습니다. 이런저런 걱정을 하다 잠을 자기는 틀렸다는 판단에 TV를 켰습니다. 뉴스 특보로 곳곳의 피해 상황이 자세하게 보도되고 있었지요. 집이 침수되는 피해를 본 사람도 많고, 다친 사람 소식도 있습니다. 아니, 실종자와 죽은 사람만도 50명이 넘는다고 하네요.

저는 자신이 부끄럽게 느껴졌습니다. "남의 염병도 내 고뿔만 못하다."라는 말이 바로 이런 경우를 말하는 것이겠지요. 그

사람들에 비하면 제가 당한 수해는 그야말로 조족지혈인 셈이
니까요. 무엇보다 걱정되는 일입니다. 큰물에 휩쓸려 실종된
사람은 긴 시간이 지난 후에도 구조되기가 어려울 터이니 여
간 큰일이 아닙니다. 그런 상황에 부닥쳐 발을 동동 구르고 있
을 가족들 생각에 가슴이 먹먹했습니다.

　사망자와 실종자의 수가 엄청난 걸 보면 대형 사고임이 틀림
없습니다. 앞으로 더 늘어나게 될 전망이라니 안타까운 마음
이 더욱 커집니다. "가족이 장기간 병원 생활을 하게 되면, 간
병하는 사람이 더 고생하게 된다."라는 말이 있습니다. 늦하지
않은 사고로 희생된 사람도 안타깝지만, 그 숫자보다 10배 정
도는 많을 유족의 슬픔과 후유증이 더 마음을 아프게 합니다.
　진짜, 사람도 죽고 사는데~ 왜 이렇게 저는 작은 피해로 잠
을 이루지 못했는지, 딱한 일입니다. 이제 불필요한 걱정을 덜
어내려면, "진짜, 사람도 죽고 사는데~"를 화두로 삼아야 하겠
습니다.

촌에서 뭐 ~
- 수필로 음미하는 생활 속의 名言 (5)

이 말은 명언이라기보다 시대에 따른 유행어라고 봅니다. 주로 어떤 일의 결과를 두고 "그 정도면 그냥저냥 괜찮다."는 뜻으로, '촌에서 뭐~' 또는 '촌에서!'라고 했었지요. 그러면서도 매우 두루두루 쓰이기도 했습니다. 자신이 한 일의 성과가 모자랄 때 멋쩍어서이기도 했고, 어떤 예상치 못한 상황에서 놀라움의 표현이기도 했습니다. 또한, 대화 중 답변이 궁할 때면 그냥 얼버무리는 말이기도 했지요.

돌이켜 보면 꽤 오래된 제 학창 시절의 이야기입니다. 중고등학교 시절에는 '좋아하시네!'라는 말이 유행했었지요. 상대방의 어떤 주장을 반박할 때 주로 쓰였지만, 대화 중 감초처럼 끼어드는 말이기도 했습니다. 이어서 '촌에서'는 고등학교와 대학교의 학창 시절에 주로 쓰인 유행어로 기억됩니다. 어쩌면 그 이후에도 꽤 쓰였던 것으로 기억되는 걸 보면, 1960년대 후반부터 80년대까지였겠지요.

저는 고등학교 때 이 말을 사용하며 지방에서나 쓰는 말인 줄 알았습니다. 서울에서 대학에 다니게 되었는데, 서울 출신이 이 말을 쓰는 걸 보고 매우 의아했지요. 저는 그에게 "야! 여긴 서울인데?"라고 물으니, "청량리면 촌이지!"라고 응수해서 웃었습니다. 그 친구는 서울의 종로 출신이어서, 청량리를 촌이라고 우기는 것이었습니다. 저는 속으로 이런 생각을 했었시요. 그렇다면 신촌은 이론의 여지가 없는 촌이겠네!

제가 이 말을 글의 소재로 삼은 이유가 있습니다. 지금은 이 말을 쓰는 사람이 거의 없는데, 저는 학창 시절부터 지금까지 줄기차게 애용하고 있기 때문입니다. 마치 전매특허라도 받았다는 듯이 애용을 넘어 지나치게 남용하고 있을 정도지요.

자주 어울리는 사람들은 제가 이 말을 할 때마다 밝게 웃어주기에 좋습니다. 모든 대화는 상대방의 말에 걸맞게 이루어져야 하기에, 지청구를 먹을 만도 하겠지요. 그렇지만 고맙게도 그런 경우가 거의 없었기에, 저는 그냥 시도 때도 없이 쓰고 있습니다.

글을 이어가다 보니 떠오르는 말이 있네요. "말이 씨가 된다."라고 했습니다. 직장 생활을 하며 꿈꾸었던 귀촌을 통해 촌에서 8년째 살고 있으니 말입니다. 물론 귀촌은 쉬운 결정은 아니었습니다. 귀촌을 후회할 여지가 있었기 때문인데, 지금까지 매우 만족하고 있어서 이런 글도 쓸 수 있게 되었다는 생각입니다. 그야말로 촌에서 이 정도면 괜찮은 노후를 보내며, 안분지족의 삶을 살고 있는 셈이겠지요.

어떤 사람이 보낸 카톡 속의 명언입니다. "어떤 물건을 살까 말까 망설이게 될 때는 사지 말라. 어떤 일을 할까 말까 망설이게 될 때는 하라." 이제 나이가 들다 보니 중요한 결정을 내려야 하는 경우는 거의 없지요. 사소한 문제로 갈등을 느낄 때 매우 유용한 생활 속의 명언입니다. 어떤 철학가는 "결혼은 해도 후회하고, 하지 않아도 후회한다. 그렇다면 하고 후회하는 것이 낫다."라고 했다지요. 이 말도 명언임에 틀림이 없습니다. 저출생을 걱정하는 시대이기에 더욱 그렇습니다.

사족의 말씀을 덧붙이며, 부실한 내용의 글을 줄이려 합니다. 요즈음 수필도 자꾸 짧아지는 추세라 하니, 저도 처음으로 짧게 이 글을 마무리하렵니다. 부실한 내용의 글을 길게 쓰는 것은 두 번 실수하는 셈이니 말입니다.

제가 전매특허를 받은 것은 아니지만, 제가 애용하는 '촌에서 뭐!'라는 말을 다른 분들은 사용하지 마시기를 바랍니다. 아니, 제가 애용하는 말씀을 하시면 반가울 수도 있겠네요.

돈을 잃는 것은 아주 작은 것을 …
- 수필로 음미하는 생활 속의 名言 (6)

종심從心의 나이를 넘기고 건강과 관련한 대화가 늘어났습니다. 중요한 정보를 얻기도 하지만, 스트레스를 받는 사람도 있다고 하지요. 심지어 70이 넘으면 아프지 않은 사람이 없으니, 인사말로"건강하시지요?"라는 말이 적당치 않다고도 합니다. 건강이 좋지 못한 사람에겐 답변이 궁할 수도 있겠지요. 건강이 좋지 않다고 답하기도 그렇고, 그냥 얼버무리면 뒷맛이 떨떠름할 수도 있겠다는 생각이 듭니다.

누구나 알고 있는 평범한 말이 새삼 명언으로 여겨집니다. "돈은 잃는 것은 아주 적은 것을 잃는 것이고, 명예를 잃는 것은 매우 많은 것을 잃는 것이며, 건강을 잃는 것은 모든 것을 잃는 것이다."

제가 여기에 굳이 보태고 싶은 말이 있다면 명예의 중요성입니다. 어떤 업적을 통해 얻게 되는 명예도 중요하지만, 평범한 사람도 마찬가지입니다. 외람되지만 저의 경우와 연계시켜 말씀드립니다. "글은 곧 사람이다."라고 했지요. 더구나 저는 자신을 드러내는 수필을 쓰고 있기에 더 그렇습니다. 제가 명예롭지 못한 일에 연루된다면 지금까지 쓴 글은 모두 죽은 글이 되고, 앞으로 글을 쓸 수도 없게 되리라는 생각입니다.

주요 고위직에 오르는 것은 대단히 명예로운 일이지요. 성실하며 능력이 출중하다고 해서 다 이루어지는 일도 아닙니다. 문제는 지위가 높을수록 큰 이권利權이 따라온다는 점이지요. 유혹을 물리치지 못하고 명예롭지 못한 퇴진의 경우를 꽤 보았습니다. 이와 관련한 누군가의 말입니다.

"사람이 부富와 명예를 다 가지려면 안 된다. 명예로운 자리만도 큰 행운인데 그것으로 만족해야지, 부까지 누리려면 되겠는가?"

제 나름으로 사족을 붙인다면 "돈을 잃는 것은 10을 잃는 것이고, 명예를 잃는 것은 80을 잃는 것이며, 건강을 잃는 것은 90을 잃는 것이다." 여기서 건강을 잃는다는 의미는 치유가 어려운 경우를 말하는 것으로 이해해 주시면 좋겠습니다. 어쩌면 건강 문제는 예민해서 비교적 가볍게 고생하는 분이더라도, 이 글을 읽으며 마음이 편치 않으실까, 걱정됩니다.

문인 행세를 하게 되면서, 어떤 말이 적당하지 않게 쓰이는 점에 민감합니다. TV에서 기상 정보를 전하는 사람이 "일교차가 클 것으로 예상되니 건강을 잃지 않도록 조심하시기를 바랍니다."라고 하는 경우도 그렇습니다. 우리는 보통 감기에 걸리는 정도를 두고 건강을 잃었다고 하지는 않겠지요.

예전에는 가까운 사람이 입원했다거나 수술받아야 한다고 하면 가슴이 덜컥 내려앉곤 했습니다. 의술이 더 발달한 이후에는 암癌이라고 하면 그러했지요. 이젠 많이 달라졌습니다. 걱정하지 않아도 되는 수술도 많고, 초기엔 암도 대부분 완치가 된다고 하니까요,

오래전의 직장 선배가 즐겨 쓰던 말입니다. 누구에게 걱정거리가 생기면 "돈으로 해결할 수 있는 일은 아무것도 아니다."라고 위로했지요. 병원에 입원한 가족이 있는 사람에겐 "무슨 병인 줄 알면 걱정할 것 없다. 의사에게 맡기면 된다."라고 했습니다. 저는 당시에 매우 쪼들리는 형편이어서, 그 말씀이 적절하지 않게 들렸습니다. 어떤 일로 예상하지 못한 큰 지출이 발생하면 가슴이 덜컹했었지요. 이제 겨우 그 말씀이 명언으로 여겨집니다. 빚을 좀 진다고 하더라도 살아가며 갚으면 되는

것이었는데…….

그러고 보니 새삼스럽게 깨달아지는 것이 있네요. 지금은 통장 잔액에 신경 쓰지 않고 살게 되었는데, 그것 하나만으로도 행복 조건이 아닌가 싶은 생각입니다. 이젠 예상하지 못한 큰 지출이 발생하더라도 조금은 둔감해질 수 있으려나요?

노느니 염불이라도
- 수필로 음미하는 생활 속의 名言 (7)

어렸을 때부터 흔히 듣던 말입니다. 여러 경우에 쉽고 편하게 쓰는 말입니다. 이 말은 살짝 다른 의미를 담기도 합니다. 시골에서 하찮은 일을 하고 있을 때, 누가 찾아와 뭐 하시냐고 물으면 "노느니 염불이지요."라는 말로 대신하곤 하지요. 무료함을 달래기 위해 굳이 하지 않아도 될 일을 시작하며 쓰기도 합니다. 예전의 농촌에서는 자녀들에게 일을 시키며 그런 말을 앞세우기도 했습니다. 그냥 멍하게 앉아있으려면 무엇이라도 하는 게 낫다는 의미이기도 하겠지요.

어찌 보면 요즈음 이 말을 변용한 것이 "놀면 뭐 하니?"가 아닌가 싶네요. 무료한 시간에 TV 채널을 돌리다 보면 "놀면 뭐 하니?"라는 프로그램 명칭이 눈에 들어옵니다. 저는 천박하게 느껴져서 지나치곤 했는데, 시청률이 높은 인기 프로그램이라는 기사를 보았습니다. 오래전에 화투를 즐길 때, 으레 시작을 서두르며 "놀면 뭐 해, 한 푼이라도 벌어야지!"라고 해서 웃곤 했지요.

저는 한가할 때면 유튜브로 법륜 스님의 '즉문즉설'을 즐겨 봅니다. 청중이 즉석에서 묻고 스님이 즉석에서 답하며 이야기를 나누는 프로그램입니다. 스님께서는 우리 생활과 연계시켜서 매우 쉽게 말씀하시고, 역발상의 재치로 웃음을 선사하곤 합니다. 이를 계기로 스님의 많은 저서를 애독하기도 했지요.
제가 특별하게 기억하는 내용입니다. 어떤 청년은 일상생활 속에서 중요하지 않은 선택을 놓고 너무 심각하게 고민하는 하소연을 했습니다. 마치 제 이야기를 하는 듯해서 귀가 솔깃했지요. 요즈음 '결정 장애 소유자'라는 단어를 쓰기도 하더군요. 이 질문에 대한 답변은 간단하고 명쾌했습니다.
"그럴 때는 아무렇게나 결정을 내리면 돼요. 어떤 선택에 따라 장단점이 있게 마련이잖아요. 그냥 장점이 많은 쪽으로 결정하면 아주 쉬운데, 심각하게 고민이 된다는 것은 장단점이 50 : 50이라는 의미예요. 그렇게 장단점이 똑같다면 고민할 이유가 없는 겁니다. 그냥 아무렇게나 결정을 내리면 되는 거예요." 이 말씀이 저를 법륜 스님의 팬으로 만들어 주었습니다.

엊그제 시청한 내용은 어느 고등학생과의 이런 즉문즉답입니다. "저는 요즈음 사는 재미가 없습니다. 즐기던 운동도 귀찮고, 컴퓨터 게임마저도 시들해졌습니다. 이 무력증은 어쩌면 좋을까요?"

"매우 훌륭한 학생이네요. 모두가 좋아하는 컴퓨터 게임마저도 재미가 없다니, 수준이 높은 학생이어서 깜짝 놀랄 일입니다." 스님의 즉답에 청중들은 폭소가 터졌습니다. "학생! 그래도 대학은 가야겠지요?" 학생이 "네!"라고 대답하자 말씀을 이어갑니다. "그럼, 노느니 염불한다는 말이 있는 것처럼, 노느니 공부나 하면 되잖아요. 공부 잘하는 학생도 공부가 재미있어서 하는 것이 아니에요. 그냥 해야 하니까 하는 거예요. 사람이 인생을 살면서 그냥 해야 하니까 하는 일이 많고, 하다 보면 재미를 느끼게 되기도 합니다."

다시 이어지는 말씀입니다. "산골짜기의 다람쥐가 이리 달리고 저리 달리며 재주를 부리는 걸 보면, 재미있게 노는 것처럼 보일지 몰라도 다람쥐는 재미를 몰라요. 그냥 본능처럼 이리저리 달리며 사는 거예요. 더 중요한 것은 사는 재미가 전혀 없을지라도, 다람쥐는 절대 자살하지 않는다는 겁니다."

　　　　　　　　　　　　　　　　　　　　　　　첫째 마당

염불念佛은 스님들이 번뇌를 버리고 깨달음을 얻기 위함입니다. 우리가 "노느니 염불이라도 한다."라고 쉽게 말하는 것은, 어쩌면 스님들에겐 실례가 되지 않을까 싶기도 하지요. 끝없이 석가모니불이나 관세음보살을, 또는 목탁 소리에 맞춰 나무아미타불을 반복하는 것은 엄숙한 구도求道의 행위이기 때문입니다. 우리 속인이 쉽게 말하는 '노느니 염불'과는 그 의미가 다르다고 보아야겠지요.

스님들의 묵상도 그렇습니다. 묵상이 그냥 조용히 앉아있으면 되는 것처럼 보일 수 있습니다. 묵상을 통해 무념무상無念無想의 경지에 이르러야 하는데, 잡념을 떨쳐내기가 쉽지 않은 일입니다. 저는 현직에 있을 때, 방학을 이용하여 템플스테이를 자주 다녀왔습니다. 법문을 듣기 전에 10분 정도의 입정入靜 시간을 갖지요. 머리가 잡념으로 가득하면 법문의 내용이 들어오지 않기에, 그 잡념을 거두어 내는 시간입니다. 그렇게 머리를 맑게 하는 것이 쉽지 않았지요.

새삼스럽게 갖게 되는 생각입니다. 자신이 하는 일은 대단하게 생각하면서, 남이 하는 일을 하찮게 여기는 경우가 꽤 있지요. 이제라도 남의 입장을, 다른 사람이 하는 일의 가치를 제대로 인정할 수 있는 도량度量을 갖도록 해야겠습니다.

苦惱하는 젊음은 아름답다

– 수필로 음미하는 생활 속의 名言 (8)

우리 생활은 중국의 영향을 많이 받았습니다. 누가 매우 지당한 말을 하면 "공자님 말씀입니다."라며 맞장구를 치고는 합니다. 이러한 공자 말씀을 집대성한 논어는 금과옥조의 명언들로 가득하지요.

나이를 가리키는 별칭別稱도 의미가 깊은데, 종심從心을 넘어서며 많은 생각을 했습니다. "마음이 가는 대로 행동하여도 법도에 어긋남이 없었다."고 한다면 진정 성인의 경지에 이르렀다고 할 수 있겠지요. 이 말은 부족한 자신을 깨우치게 하는 말씀이었습니다.

제가 고등학교 1학년 때, 안병욱 교수님의 강연을 들을 수 있었던 것은 큰 행운이었습니다. 흥사단에서 도산 안창호 선생의 애국사상을 고취하기 위해 시행한 순회강연이었지요.

첫 말씀과 함께 이어진 내용을 지금도 생생하게 기억하고 있습니다. 그만큼 저의 뇌리에 강하게 꽂혀서 바로 흥사단을 찾아가게 되었으며, 지금까지 저의 정신적인 성장에 대부분을 차지했다고 볼 수 있습니다. 아울러 제 삶을 지배해 오기도 했는데 강연 앞부분의 개략적인 내용은 이러합니다.

사랑하는 청년 학생 여러분! 위대한 나라는 어떤 나라입니까? 땅이 넓은 나라입니까? 인구가 많은 나라입니까? 경제가 발전한 나라입니까? 강한 군사력을 가진 나라입니까? 모두 아닙니다. 위대한 나라는 훌륭한 인물을 많이 배출한 나라입니다.

망국의 한을 품고 미국으로 건너가신 도산 선생께서는 어떻게 해야 잃어버린 나라를 되찾을 수 있을까 하는 마음으로 노심초사, 밤잠을 이루지 못하셨습니다. 그렇게 해서 오직 민족의 힘을 기르는 방법밖에 없다는 결론을 얻게 되었습니다. 민족의 힘을 길러서 독립을 이루기 위해서는 많은 인물이 필요하다고 여기고 만든 단체가 바로 흥사단이었습니다.

사랑하는 학생 여러분! 젊은 청년은 어떤 사람입니까? 노인에게 긴 과거가 있다면, 여러분에겐 긴 미래가 있습니다. "노인은 추억을 먹고 살고 청년은 꿈을 먹고 산다."고 합니다. 여러분께서는 이 나라의 훌륭한 인물이 되기 위해 어떤 꿈을 꾸고 있습니까? 국가의 유능한 동량이 되기 위해 어떤 목표를 세우셨습니까?

일찍이 공자께서는 "15세가 되면 배움에 뜻을 두어야 한다."고 했습니다. 배움에 뜻을 두어야 한다는 말은, 훌륭한 인물이 되기 위해 무엇을 배우고 어떤 목표의식을 가져야 하는가를 의미하는 말입니다.

강연의 내용은 한참이나 더 이어지지만, 여기서 줄이고 제 이야기로 넘어갑니다. 안 교수님의 영향을 받아 교사가 되어, 37년을 봉직했습니다. 17년은 환경 교과로 과목을 바꾸어 근무하게 되었는데, 과목 특성상 교양 과목으로 1학년에 수업을 배정받게 되었지요.

첫 수업은 도산 선생의 애국 사상을 설명하는 시간으로 할애할 수 있었습니다. 지학志學은 단순하게 배움에 뜻을 두자는 것이 아니기에, 꼭 필요한 인물이 되기 위해 어떻게 공부할 것인가를 생각해 보자고 했습니다. 도산 선생이 구국의 일념으로 밤잠을 이루지 못했던 것처럼, 어떡하면 강한 초심初心을 끝까지 유지할 수 있을까 고뇌苦惱해 보자고 강조했습니다. "고뇌하는 젊음은 아름답다."라는 말을 칠판에 크게 쓰고, 이렇게 말을 이어갔습니다. 깊은 고뇌를 통해 강한 목표 의식을 갖게 되면, 집중도를 높여 학습 능률이 오르게 된다고 역설했습니다.

37년 중 31년은 천안과 아산에서 근무했지요. 환경 교과는 교양 선택으로 수업 시수가 한두 시간에 불과해서 많은 학생을 만나게 되었습니다. 퇴직하고 제자들과 만나 반갑게 인사를 나누는 것이 큰 보람이지요. 그들로부터 첫 수업 시간에 들었던 도산 안창호 선생님 이야기를 지금도 기억하고 있다는 말을 들으면 흐뭇하기 그지없습니다.

청소년기에 어떤 사람을 만나느냐에 따라 인생의 판도가 결정된다는 말이 있습니다. 예전에 비해 요즈음의 청소년들은 인생의 목표를 설정하는데 있어서 물질적인 가치에 더 비중을 둔다고 해서 안타깝기만 합니다. 제2의 안병욱 교수가 나타나고, 저의 학창 시절처럼 학생들이 그런 좋은 강연을 들을 수 있기를 바라는 마음이 간절합니다. 지학志學의 나이인 청소년들에게 국가의 동량棟梁으로 자라나게 영향을 줄 수 있다면 얼마나 좋을까요.

마침표(.)에 꼬리를 붙여 쉼표(,)로 만드세요

혹시 삶의 마침표를 위해 그곳을 찾은 사람이 있다면, 이 표어는 그에게 마음의 변화를 줄 수도 있겠다고 여겨졌습니다. 마침표(.)에 꼬리를 붙여서 쉼표(,)로 만드는 일은 결코 어려운 일이 아닐 수도 있기 때문입니다.

마침표(.)에 꼬리를 붙여 쉼표(,)로 만드세요

세 살 버릇 여든까지 간다
- 수필로 음미하는 생활 속의 名言 (9)

습관의 중요성을 단적으로 표현한 말입니다. 나쁜 습관을 고치기가 어렵다는 의미도 담겼다고 여겨집니다. 어쩌다 보니 나이 여든을 뜻하는 산수傘壽가 멀지 않게 느껴지기 때문일까요. 이 명언의 의미가 새삼스레 여겨집니다. 나이를 먹으면 엊그제 일은 까마득하고, 까맣게 잊었던 어린 시절의 일들은 생생하게 되살아난다고 합니다. 고교 시절, 어느 강연을 통해 들었던 명언을 소환하게 됩니다.

생각을 바꾸면 행동이 바뀌고
행동을 바꾸면 습관이 바뀌고
습관을 바꾸면 인격이 바뀌고
인격을 바꾸면 운명이 바뀐다

결국은 생각을 바꾸면 운명이 바뀐다는 말로 귀결됩니다. 실용주의 사상가로 유명한 윌리엄 제임스가 남긴 유명한 명언이지요. 고교 1학년 때 들었던 안병욱 교수님의 강연은 제 일생을 지배했습니다. 그 일을 시작으로 흥사단 활동을 시작해서 교수님의 강연을 헤아릴 수 없을 만큼 많이 들었고, 30여 권의 저서를 심독心讀했습니다. 요즈음 흔히 쓰는 '롤 모델'이란 말, 바로 그것이었지요. 그 영향으로 교사가 되었고, 글도 쓰게 되었습니다.

1969년, 고교 2학년 겨울방학을 이용해서 다녀온 4박 5일의 수련회를 잊을 수 없습니다. 흥사단고등학생아카데미 간부수련회였는데, 대구 어느 대학교의 기숙사를 빌려 5일 동안이나 안병욱 교수님과 함께 생활하며 감동을 많이 받았지요. 숙식을 함께하며 야간 활동까지 16시간 정도의 강의를 들을 수 있었는데, 주로 도산 사상에 관한 내용이었습니다.

당시에 이 명언과 함께 '작심 3일'과 '구일신苟日新 일일신日日新 우일신又日新'에 대한 설명도 들었지요. 사서四書의 대학大學에 나오는 말이라고 합니다. 옛날 탕이라는 임금은 어린 시절부터 아침에 세수를 위해 사용하는 대야바닥에 '日日新'의 세 글자를 선명하게 새겨 넣었다고 합니다. 날마다 손과 얼굴을 씻으며 마음도 새롭게 하려는 의도이었지요. 그 덕분으로 좋은 습관이 만들어지고 훌륭한 임금이 될 수 있었다고 합니다.

　우리 일상생활은 여러 가지 습관의 조합인 셈입니다. 성공한 삶을 위해서는 나쁜 습관이 좋은 습관으로 바꾸어야겠지요. 오랜 기간 몸에 배어있는 나쁜 습관을 바꾸는 일은 결코 쉽지 않습니다. 강한 결심도 '작심3일'이라는 암초를 만나기 때문입니다. 여기서 3일은 꼭 3일을 의미하는 것은 아니겠지요.

　좋은 사례가 있습니다. 애연가가 금연을 결심하고 잘 견디며 해를 넘겼어도, 다시 담배를 피우게 되는 경우입니다. 심지어 10년 담배를 피운 사람은 금연 기간이 10년을 넘겨야 비로소 성공했다고 할 수 있다는 말을 들었습니다.

　저는 평생 중고등학교 교육 현장을 지켜 왔습니다. 학생들에게 흡연으로 인한 니코틴 중독의 심각성을 설명하며, 담배는 아예 시작조차 하지 말아야 한다고 강조하곤 했습니다. 그 외에도 흡연으로 인한 피해와 니코틴 중독에서 벗어나기 어려운 점을 장황하게 설명했지요. 귀중한 수업 시간을 할애해서 그렇게 간절하게 호소했으면 효과가 있을 줄 알았습니다. 저는 과목 특성상 주로 실업계 고등학교에 근무했던 탓일까요. 저의 금연 교육은 효과가 기대치에 미치지 못해서 실망했던 일이 지금도 안타깝습니다.

나이 들면서 꼭 읽어야 한다는 계노언戒老言을 떠올리게 됩니다. 매우 긴 글이어서 일부만 인용합니다. 백세시대를 살아가며 늙어가는 이야기는 하지 말아야 한다고 해서 나름 노력해왔지만, 자신에게 경구警句처럼 느껴져서 마음에 새기고 싶은 몇 마디만 적어 봅니다.

"노인은 벼슬도 자격도 아니다. 남의 일에 입을 여는 것을 삼가라. 남이 해 주기를 바라서도 안 되고, 신세타령은 좋을 것이 하나도 없다. 남에게 일을 시켰으면 나서지 말고 조용히 지켜보아야 한다. 잘 잊어버리거나 다리에 힘이 없는 걸 핑계 삼지 말라. 옛날이야기는 대충대충 하고 끝내라."

저는 흉허물이 없는 사람으로부터 제 나쁜 습관에 대한 지청구를 듣게 되면, "70년 넘게 그렇게 살아왔는데, 어떻게 하루아침에 고쳐지겠나. 앞으로 70년은 노력해야 고쳐질 습관이니 내버려 두게나."라고 응수하곤 했습니다. 이런 재미있는 말도 있습니다. "작심 3일은 부정적인 말처럼 들리지만, 그런 작심 3일도 3일마다 한 번씩 1년에 100번만 하면 된다."라는 말이지요. 그렇다면 앞의 제 말은 무효입니다.

끝날 때까지 끝난 게 아니다

- 수필로 음미하는 생활 속의 名言 (10)

1950년대 미국의 전설적인 야구 선수이자 감독으로도 유명한 요기 베라의 말입니다. 그는 어린 나이에 가족을 부양하기 위해 학업을 중단하고, 일을 시작해야 했습니다. 얼마 후에는 2차대전이 일어나면서 해군에 입대하여 참전했지요. 이후 야구 선수가 되어 뉴욕양키스의 전성시대를 이끌었습니다. 19년간 포수로 활약하며 무려 연속 15년이나 올스타로 선정된 전설적 인물입니다.

은퇴한 이후에는 뉴욕양키스에 이어 뉴욕메츠의 감독을 맡아 모두 월드시리즈에 진출시켰지요. 그의 긍정적인 마음과 끈질긴 집념은 동료와 주변 사람들에게 좋은 에너지를 준 것으로 유명합니다. 그의 명언은 '요기이즘'으로 불립니다. 요기

벨라의 요기와 이즘(ism:주의, 학설)의 합성어이지요. 야구계에서 뿐만 아니라 일반인도 끝까지 포기하지 말라는 경구警句로 으레 등장하는 말입니다.

인생을 살면서 실패하고 좌절하며 내 인생은 완전히 끝났다고 생각되는 경우가 있습니다. 의욕을 잃고 살아가는 것을 포기하고 싶은 마음을 가질 수도 있습니다. 하지만, 이러한 상황에서는 "포기는 배추의 수량을 헤아리는 단위일 뿐이다."라는 생각이 필요하겠지요. 칠전팔기七顚八起의 정신으로, 오뚝이처럼 일어나고 또 일어나서 기필코 성공하는 인생도 많으니까요.

실패는 성공의 어머니라는 말도 있습니다. 우리나라의 경제 발전에 크게 공헌한 현대 정주영 회장의 저서 제목이기도 한 "시련은 있어도 실패는 없다."라는 말은 경제적으로 성공하기 어려웠던 현실의 벽을 뛰어넘은 명언으로 유명합니다. 그는 초등학교 졸업뿐인 학력의 핸디캡을 극복하고 기업인으로 성공한 입지전적 인물이기도 합니다. 개인 기업이 처음 시도한 대규모 간척 사업에서, 학자들이 전혀 성공 가능성이 없다고 일축한 '유조선 공법'을 강행하여 세계를 놀라게 한 것은 두고두고 회자되는 일입니다. 여기에서 또 하나의 명언이 탄생합니다. 모두가 유조선 공법을 반대하자 "임자, 해봤어?"라고 했다는 말이지요.

　저는 토목이 전공이어서 관심을 두게 된 일입니다. 혹시 모르는 분도 있을까 싶어서 유조선 공법을 간단히 설명합니다. 충남 서산시 부석면 간월도리와 홍성군 서부면 궁리를 연결하는 8km 정도의 대형 방조제 축조와 함께 이루어진 간척 사업입니다.

　양쪽에서 바다를 막아나가다 보면, 밀물과 썰물의 물살이 점점 강해질 수밖에 없습니다. 나중에 최종체절 구간에서는 어마무시하게 큰 돌망태를 대형크레인으로 투하해도 견디지 못하는 지경에 이르게 되지요. 그 물살을 잡기 위해 길이 250m의 대형 폐유조선에 물을 가득 채워 가라앉힌 방법입니다. 여기서 돌망태는 굵은 철사로 망태를 만들어 그 안에 돌을 가득 담아 작은 집채 크기로 만든 것을 말합니다. 제가 간척공학 강의를 들으며 관심을 가졌던 내용입니다.

　"끝날 때까지 끝난 게 아니다,"라는 말은 야구에서 많이 회자되는 말이지요. 같은 의미로 야구는 9회 말 투아웃부터라는 말이 쓰이기도 합니다, 저는 야구광을 넘어선 야생 야사의 야구광으로 자처하며 야구와 함께한 세월이 무려 55년입니다. 덕분에 야구 수필집『내일도 홈런』을 인세 출판으로 펴낼 수 있었지요. 지역에 살고 있는 무명작가로서 인세 출판은 제 자존심을 살려주는 일이지요. 더구나 야구인도 아니고 야구와 관련이 있는 일을 하고 있지 않으면서, 야구와 관련이 있는 책을 낸 사람이라는 자랑을 늘어놓곤 했었습니다. 제가 수필을 통해 야구의 대표적인 재미로 꼽은 것은 매우 큰 점수 차이를 극복하고, 그것도 8회 이후에 역전이 가능하다는 점이었습니다. 흔한 일은 아니지만 10점 차에서 역전이 일어나는 경기를 목격하기도 했습니다. 그래서 생겨난 말이 "끝날 때까지 끝난 게 아니다."입니다.

큰 성공이 쉽게 이루어지는 일이 아니기도 하지만, 설사 이루어질 수 있다고 해도 큰 기쁨을 맛볼 수 없다고 합니다. 마치 땀을 흘리며 힘들게 높은 산의 정상에 올랐을 때 제대로 성취감을 만끽할 수 있는 것과 같은 이치겠지요.

어떤 과제의 수행 과정에서 마주치는 난관을 해결해 가는 것도 고통이 아닌 재미로 여길 수도 있겠지요. 새삼 불가의 보왕삼매론 한 구절을 떠올리게 됩니다. "일을 꾀하되 쉽게 이루어지길 바라지 말라. 일이 쉽게 되면 뜻을 경솔하게 두게 되나니, 그래서 성인이 말씀하시되 여러 겁을 겪어서 일을 성취하라 했느니라."

세월은 사람을 기다리지 않는다 - 歲月不待人
- 수필로 음미하는 생활 속의 名言 (11)

중국 도연명의 시에 나오는 말입니다. 시간은 쉬지 않고 흐르니, 촌음寸陰도 허투루 사용치 말라는 의미를 담고 있지요. 어쩌면 "세월은 쉬지 않고 흐르는 물과 같다." 또는 "세월은 쏜 화살과도 같다."라는 말과 상통한다고 여겨집니다.

소년이노학난성少年易老學難成

일촌광음불가경一寸光陰不可輕

미각지당춘초몽未覺池塘春草夢

계전오엽이추성階前梧葉已秋聲

소년은 늙기 쉽고 학문은 이루기 어려우니

한 치의 짧은 시간도 가볍게 여기지 말라

연못가에 봄풀이 아직 꿈에서 깨지 못했는데

섬돌 앞의 오동잎은 이미 가을 소리를 내는구나

빠르게 흘러가는 세월을 표현하거나 속절없이 늙어버린 자신을 한탄하는 말은 많기만 하지요. 저는 흔히 하는 말이나 글에서 읽은 이야기는 제쳐두고, 제 주변 사람이 하신 말씀을 소개하려 합니다.

병역을 마치고 교직敎職에 입문했지요. 당시는 정년이 만 65세였습니다. 저는 호적이 2년이나 늦게 되어 있어서 42년 6개월을 근무해야 한다는 계산이 나왔습니다. 너무나 까마득하게 느껴졌고, 정년이 3년 단축될 때도 별로 섭섭하지 않았습니다.

교직 생활을 시작하고 여러 해가 지난 후, 근무하는 학교에서 첫 정년 퇴임식을 보게 되었지요. 겨우 40세가 넘은 선배들이 어른 대접을 받던 시절이기도 합니다. 퇴직을 앞둔 분이 사석에서 하신 말씀입니다. "첫 발령을 받고 교직 생활을 시작한 40년 전이 꼭 엊그제 같아요. 설령 앞으로 40년을 더 살며 100세를 넘긴다고 해도, 그 40년이 또 그렇게 훌쩍 지나가 버린다고 생각하면, 참 허망하기 짝이 없습니다." 이 말씀이 저에겐 남의 말로 들렸지요. 제 나이가 30도 되기 전의 일이었으니까요.

첫 발령을 천안의 큰 학교로 받았습니다, 당시는 천안으로 전입하려는 희망자가 많아서 경쟁이 치열했지만, 3월 중간 발령이어서 가능했던 일이었습니다. 따라서 동료 교사 중에는 제 또래가 거의 없었습니다. 오랜 세월이 흐른 뒤에 당시에 같이 근무했던 사람들을 만나면, 저를 매우 어린 사람으로 여기며 나이를 묻고는 놀라곤 했습니다. 더구나 10년 전에 퇴직하고 모처럼 만나는 사람들은, 저의 퇴직이 실감이 나지 않는다는 표정이었지요.

제 회갑 때의 일도 기억납니다. 저는 조용히 넘어가려 했지만, 아우와 딸의 성화로 두 가족 여덟 명만 모이기로 했습니다. 가까이 살고 있는 처가 가족들이 걸리긴 했지만, 부담을 주는 일이어서 택한 방법이었습니다. 아내가 가까이 계시는 친정 부모님만 모시자고 해도 저는 반대했지요. 당일 아침에 저도 모르게 전화를 드렸다고 하니, 어쩔 수 없이 모시러 갔습니다.

제 얼굴을 뚫어지게 쳐다보며 하시는 빙부님 말씀입니다. "자네 회갑이 정말이야?"

그로부터 9년, 다시 고희古稀를 맞았습니다. 코로나로 인해 전혀 사람이 모일 수 없었기도 했지만, 조용히 넘어갈 수 있는 점이 저는 좋았습니다. 친구들은 속절없이 나이를 먹고 고희를 맞는 허무함을 표현했지요. 저는 제 친가의 여러 어른, 심지어는 종형마저 단명하셔서 70까지만 살면 좋겠다고 말했었지요. 따라서 즐겁게 고희를 맞을 수 있었습니다.

다시 2년 후, 두 살 터울인 아우의 고희를 맞으며, 비로소 내 나이가 적지 않음을 실감할 수 있었습니다. 옛 어른들이 흔히 하던 말이 떠오릅니다. "자기 나이 먹는 것은 모르고 아이들 크는 것만 보인다."라고 했었지요.

"소년은 늙기 쉽고 학문은 이루기 어려우니. 짧은 시간도 가볍게 여기지 말라."는 말을 다시 생각합니다. 열심히 살았다고 자부했던 자신이 부끄럽습니다. 단지, 퇴직하고도 10년이 지난 지금까지는 무료함을 거의 느끼지 않고 살아올 수 있었던 것이 고마울 뿐이지요.

백수에겐 남아도는 것이 시간이라며 코로나로 인해 무료하던 때, "오늘의 할 일을 내일로 미루라."는 말이 명언이라고 했던 것을 반성하기로 합니다, 새삼스럽게 자신에게 당당할 수 있도록, 남아도는 시간을 조금이라도 더 값지게 사용하자고 다짐해 봅니다. 치열熾烈하게 살고 싶다던 청년 시절이 아련한 걸 보면, 새삼 적지 않은 나이를 실감하게 됩니다.

마침표에 꼬리를 붙여 쉼표로 만드세요
- 수필로 음미하는 생활 속의 名言 (12)

나이가 늘어나면서 겪게 되는 힘든 일이 있습니다. 정을 나누며 가까이 지내던 사람의 죽음과 맞닥뜨리는 일이지요. 더구나 그 사인死因이 본인의 선택이라고 한다면 큰 충격이 아닐 수 없습니다. "죽을 용기가 있다면 그 용기로 충분히 살아갈 수 있다."는 말이 있기는 합니다. 그러나 저와 정이 흠뻑 든 사람이 그렇게 죽었다면 이야기는 달라집니다. 어려운 사정을 꼭꼭 숨기다가 그 험한 길을 갈 수밖에 없었다면 그저 안타깝고 가슴이 먹먹할 따름이지요. 그와 함께했던 일들이 파노라마처럼 스치고, 밝게 웃던 모습이 어른거려서 오랜 기간 마음을 진정시키기가 어렵습니다.

대문 밖에서 보면 모두 평화롭게 느껴지지만, 자세히 들여다보면 걱정 없는 집은 존재하지 않는다는 말이 떠오릅니다. 오직 죽은 사람만이 아무 문제가 없다는 서양 속담(The Dead no problem)도 있습니다. 어찌 짧지 않은 인생을 살아가며 꽃길만 걸을 수 있을까요. 비바람이나 눈보라를 전혀 만나지 않고, 어찌 맑은 날만 계속될 수 있을까요.

저는 좋지 않은 일로 마음이 어지러울 때면 가까운 호숫가를 찾아갑니다. 요즈음엔 관광객 유치를 위해 예전의 시골 저수지에도 걷기 좋게 데크(deck)를 설치하곤 합니다. 전망 좋은 곳에서 맑은 호수의 윤슬에 눈길을 수고 있노라면, 어지러웠던 마음이 정리되곤 합니다. "그래! 더 힘든 일도 이겨내며 지금까지 잘 살아오지 않았는가?"라고 자문하며, 마음을 추스를 수도 있습니다.

가끔 찾아가던 그곳에서 어느 날, 자살 예방을 위한 많은 표어를 만났습니다. 참으로 공감할 수 있는 좋은 말이 많았는데, 무릎을 치게 하는 이런 명언도 만났습니다.

마침표(.)에 꼬리를 붙여 쉼표(,)로 만드세요

혹시 삶의 마침표를 위해 그곳을 찾은 사람이 있다면, 이 표어는 그에게 마음의 변화를 줄 수도 있겠다고 여겨졌습니다. 마침표(.)에 꼬리를 붙여서 쉼표(,)로 만드는 일은 결코 어려운 일이 아닐 수도 있기 때문입니다. 상금을 걸고 표어를 공모했다면, 논의가 필요 없이 쉽게 당선작으로 결정할 수 있었을 것으로 여겨집니다.

다시 생각에 골똘히 잠겨 봅니다. 극한 선택을 하는 사람이 생각보다 많다고 합니다. 보도에 따르면 인기 연예인도 많고 유명 정치인도 꽤 있었습니다. 한강에 투신하는 사람이 이틀에 한 명 정도나 되고, 우리나라가 노인 자살률이 가장 높다는 말도 있지요.

죽는 사람은 자기 주변의 사람들이 겪게 될 고통을 생각할 겨를이 없을 수도 있겠지요. 그렇지만 당사자는 세속의 비난을 면하기 어렵습니다. "자기는 죽으면 그만이겠지만, 주변의 여러 사람을 힘들게 하는 것이 아니냐?"라는 것이지요. 이승에 남겨진 그의 가족에겐 평생을 안고 살아야 할 힘든 짐이 됩니다. 아니, 힘든 정도가 아니라 오랜 기간 충격에서 벗어나지 못할 터이고, 기본 생활이 무너져 버릴 수도 있습니다.

저는 안타까운 마음에 이런 생각까지 한 적이 있습니다. 우리나라 사람들은 죽은 사람에게 관대한 편이라고 합니다. 특히 연예인의 경우는 팬들의 추모 행렬이 지나칠 정도라고 여겨졌지요. 그런 모습이 자살을 부추기는 면도 아주 조금은 있지 않을까요. 언론이나 방송이 대서특필을 삼았으면 하는 마음마저 갖기도 했지요.

제 글의 독자가 많지 않은 것을 잘 알고 있지요. 그렇지만 혹시 힘든 일을 겪고 있는 분이 이 글을 읽고, 부정적인 생각을 떨쳐낼 수 있다면 얼마나 좋을까요.

그렇게 마음을 바꾸어 새로운 인생을 살다 보면, "마침표(.)에 꼬리를 붙여 쉼표(,)로 만드세요."라는 표어를 만난 것이 행운이었다고 느끼게 될 날도 오겠지요. 더 욕심을 내어 꼬리(,)를 펴서 위로 보내면, 잘 살아온 나날들이 느낌표(!)가 될 수도 있겠지요.

良藥苦口利於病 忠言逆耳利於行
- 수필로 음미하는 생활 속의 名言 (13)

제 어린 시절의 추억은 부모님과의 생활이 대부분을 차지합니다. 심산유곡深山幽谷의 오지여서 어울렸던 친구가 거의 없었기 때문이지요. 이웃의 친구는 초등학교 3학년에 올라가며 대전으로 전학을 갔고, 좀 떨어진 곳도 남자 친구는 두 명뿐이었습니다. 쉽게 찾아갈 수 있는 동갑내기는 여자인 옥님이 하나뿐이었습니다.

다른 사람의 이야기를 들어보면 아버지보다 어머니와의 추억이 많다고 합니다. 저는 특이하게도 어머니보다 다정하셨던 아버지의 말씀과 모습이 많이 떠오릅니다.

아버지께서 다니시던 소학교 이야기도 뜻밖의 내용이 많습니다. 오래전의 시골이어서, 취학 인원이 적은 면面은 4년제로 운영되었다고 합니다. 그 4년제인 소학교를 졸업하고 왕복 네 시간이나 걸리는 제원소학교 5학년으로 편입했으니, 어린 나이에 대단한 무리였겠지요. 결국 3일 만에 심한 몸살을 앓고, 포기하고 말았다는 안타까운 말씀이 가장 기억에 남습니다.

그 후에 서당을 다니셔서, 저의 한자 공부에 도움을 주셨습니다. 생활 용어도 한자와 함께 설명해 주시면 이해가 빨랐는데, 그것이 나중에 다른 학습에 도움이 많았다고 여기고 있습니다. 특별하게도 어린 저에겐 다소 긴 문장이라고 볼 수 있는 위 제목을 지금도 기억합니다.

좋은 약은 입에 쓰지만 병을 치료하는 데는 이롭고, 충고하는 말은 귀에 거슬리지만 바르게 행동하는 데는 이롭게 작용한다는 말입니다. 제 기억이 정확한지 확인하면서, 이 문장이 만들어진 아래와 같은 유래由來를 알게 되었습니다.

중국의 중원을 통일한 진시황제가 죽고 진나라는 혼란에 빠집니다. 포악한 정치에 시달렸던 백성이 곳곳에서 들고 일어났고, 군웅할거의 다툼이 시작됩니다. 그중에서 유방과 항우가 대표적인 인물이지요. 유방은 진나라의 수도 함양에 입성하여 황제의 항복을 받아냅니다. 대궐에 들어가 보니 눈부

시게 화려할 뿐만 아니라, 아름다운 궁녀가 엄청나게 많았습니다. 여자와 술을 좋아했던 유방이 그 대궐에 머무르려 하자 부하 번쾌가 충언하지요.

"폐하, 전투가 아직 끝나지 않았습니다. 천하가 영웅을 맞을 기대에 차 있는데, 속히 여기를 떠나 진지로 가셔야 합니다."

유방이 못마땅한 표정을 짓자, 참모 장양이 나섰습니다.

"폐하, 진나라가 무리하게 백성을 다스렸기에 우리가 진격에 성공할 수 있었습니다. 전쟁을 잘 마무리하고 민심을 안정시키려면 폐하가 검소한 모습을 보이셔야 합니다. 폐하가 진나라 임금과 똑같다는 소문이 나면 어떡하시겠습니까? 원래 충언역이이어행, 양약고구이어병이라 했습니다. 부디, 번쾌의 충언을 받아주시옵소서." 그 말을 듣자 유방은 자신의 잘못을 깨달았다고 합니다.

저는 오직 학교에서만 직장 생활을 했지요. 후회는 없지만 작은 아쉬움은 있었습니다. 농업계 고등학교에서 근무할 때, 학생들을 지도하며 칭찬보다 꾸짖은 일이 많은 점이었습니다. 저의 학창 시절과는 달리 교단에 서게 되었을 때, 장학사들이 가장 강조하는 말은 "말썽을 부리는 학생도 장점을 찾아 칭찬으로 지도하라."는 것이었지요. 심지어 종업식 때, 모든 학생에게 상을 주도록 한 학교도 있다고 합니다. 이런 지도 방법이 긍정적인 면도 있겠지만, 저는 상의 가치를 떨어뜨리는 일로 생각도 했지요.

저는 말썽꾸러기의 장점을 찾아 칭찬하기가 쉽지 않았습니다. 지적당할 일이 많은 학생을 지켜보기가 힘든 경우가 많았지요. 물론 조용한 곳에 불러다 놓고, 차근차근 잘못을 깨달을 수 있게 설명하여 효과를 보기도 했습니다. 하지만 당시에는 많은 수업과 과다한 업무로 인해 쉽지 않은 일이었습니다.

참으로 고마운 일도 있습니다. 졸업하고 오랜 세월이 흐른 후에 제자를 만났을 때, "선생님께서 혼내주신 덕분으로 제가 이렇게 잘 살아가고 있습니다. 진심으로 감사드립니다."라는 인사를 받는 일이지요. "학교에서의 모범생이 사회에서 꼭 성공하는 것은 아니다."라고 하듯이, 말썽꾸러기였던 제자의 의젓한 모습을 보면 더 대견합니다. 더 흐뭇한 일도 있습니다. 제자가 학창 시절에 있었던 잘못을 이야기하며, "선생님, 이제라도 용서를 빕니다."라고 할 때이지요. 저는 다 잊어버린 일이라며, 함께 큰 웃음을 터트리곤 했습니다.

나이를 먹으면서 친구나 후배에게 충고하기는 더 어려워졌습니다. 심지어 가르침을 받아야 할 위치에 있는 자녀에게도 그렇습니다. 세상이 달라지고 가치관이 달라졌으니, 받아들이지 않을 말은 하지 말아야 한다는 사람마저 있습니다. 자칫 꼰대 취급을 받을 수밖에 없다는 주장이지요.

저 자신도 학창 시절에 선생님으로부터 꾸중을 들었던 기억이 꽤 있습니다. 당시엔 제 잘못을 깨닫지 못하고 속으로 억울하게 여기곤 했었지요. 이제 생각하면 당시에는 선생님의 꾸중이 귀에 거슬렸지만, 제가 다시 꾸중을 듣지 않기 위해 노력했다고 여깁니다. 그렇다면 이것이 바로 '충언역이이어행'인 셈이지요.

직장 생활을 시작하던 햇병아리 교사 시절도 마찬가지입니다. 제 나름대로 이유가 있는 처신이었는데, 선배 교사들의 꾸중에 화가 난 기억도 꽤 있습니다. 두 가지 기억이 선명하게 떠오릅니다.

제가 담임을 맡은 학생이 납부금 고지서를 살짝 고쳐서, 돈을 더 받아온 것을 알게 되었지요. 저는 제가 지도하는 선에서 마치려는 마음이었는데, 옆에 있는 선배 교사가 교감 선생님께 말씀드려야 한다고 말하더군요. 첫 발령을 받은 해여서 위계질서를 잘 몰랐기에 직접 교감 선생님께 말씀드렸는데, 그걸 학생부장이 알고 꾸중해서 매우 분했었지요. 어떻게 변명할 틈도 없었습니다. 그 외에도 대선배를 같은 평교사로 인식했던 일면이 있었던 듯이 여겨집니다.

"칭찬은 고래도 춤추게 한다."는 말에 공감합니다. 그렇다고 무조건적인 칭찬은 생각해 볼 여지가 있지 않을까요. 학창 시절에 도덕 선생님께서 하신 말씀이 떠오릅니다. 옛날 어느 손孫이 귀한 집에서 늦둥이 아들이 태어났는데, 얼마나 예뻤는지 아버지의 뺨을 툭 쳐도 잘했다고 했다지요. 그 아이가 커서 실제로 아버지의 뺨을 때리는 일이 벌어졌다고 합니다. 선생님께서는 사람 인ㅅ 글자를 다섯 번 연속 칠판에 크게 쓰시며 하시던 말씀도 기억납니다. "사람이면 다 사람이냐? 사람이 사람 노릇을 해야 사람이지!"

어떤 사람은 어려서 학업을 소홀히 하며 일을 저지르곤 했는데, 그런 자신을 때려서라도 올바로 훈육하지 않았다고 원망했다고 하지요. 글이 길어져서 얼른 마무리하렵니다. '충언역이이 어행'이 다 옳은 것은 아니지만, 감언순이해어행이 될 수도 있지 않을까요?

엄마 말을 들으면 자다가도 떡이 생긴다
– 수필로 음미하는 생활 속의 名言 (14)

어머니께서는 심산유곡의 작은 마을에서 태어났습니다. 계산해 보니 살아 계신다면 108세, 교육의 혜택을 받기가 쉽지 않은 시대였지요. 의무교육 제도가 시행되기 한참 전이었고, 걸어서 다닐 수 있는 학교라곤 아예 없었습니다.

놀라운 일은, 그러한 어머니임에도 삶의 지혜가 담긴 말씀을 많이 해주신 점입니다. 그런 가르침은 학교 교육보다 함께 생활하며 적재적소에 들려주신 어머니 말씀이 더 컸다고 여깁니다. 몸소 행동으로 보여 주신 점이 참교육으로 작용했겠지요.

저는 비교적 부모님 말씀에 순종했다고 기억하는데 착각인지 모르겠습니다. "엄마 말을 들으면 자다가도 떡이 생긴다."는 말

씀을 이따금 하신 걸 보면, 제 행동이 못마땅한 경우도 꽤 있었나
봅니다.

저에겐 잔소리로 들렸을지 모르겠습니다. 어린 소견에 하찮
은 떡에 가치를 부여하는 점도 불만이었습니다. 그러나 어머니
께서는 당시에 등장시킬 수 있는 적당한 대상이 떡이었겠지요.
요즈음엔 쉽게 먹을 수 있지만, 당시 시골에서는 명절이나 잔
칫날이 아니면 어림도 없었습니다. 더구나 심산유곡에서는 돈
이나 황금과 같은 귀물이 자다가 생길 일은 없었으니까요.

아버지께서는 52세의 젊은 나이에 급환急患으로 돌아가셨지
요. 어머니께서는 보따리 장사로 저희 형제의 학비를 조달하느
라 얼마나 노심초사하셨을까요. 철이 없던 당시엔 그런 마음이
절절하지 않았습니다. 이제야 그런 생각을 갖게 되는 점이 안
타깝기만 합니다.

어머니가 돌아가시고 어느덧 40여 년의 세월이 훌쩍 흘렀습
니다. 아니, "엄마 말을 들으면 자다가도 떡이 생긴다."라고 말
씀하시던 시절은 60년 전이지요. 당연히 아주 먼 옛이야기가 되
었습니다.

시절도 달라졌지만, 가난했던 시골 어린이는 용돈의 개념조
차 몰랐습니다. 세뱃돈을 받아본 기억도 전혀 없지요. 학용품
값으로 받는 돈이 아니면 만져볼 수도 없었습니다.

금은 더욱 그렇습니다. 아니, 금은 아예 구경조차 할 수 없었던 시절이었지요. 저희 부모님은 결혼 예물에도 금은 등장하지 못했다고 합니다. 요즈음엔 회갑연이나 고희연에 금반지나 금목걸이가 선물로 등장하지만, 어머니 회갑 때는 제가 군인이었고 고희를 2년 앞두고는 저세상으로 떠나셨습니다.

이런 말씀을 드리다 보니, 더 절절한 이야기가 제 가슴을 먹먹하게 합니다. 어렵게 행상으로 두 아들의 학비를 조달해야 했던 어머니께서는 점심을 챙겨 드실 여유가 없으셨겠지요. 물건을 팔기 위해 방문한 어느 단골집에서는, 이런 어머니를 딱하게 보셨는지 과분한 점심을 대접했다고 합니다. 철없던 저는 그 말씀을 듣고 자존심이 상했지요. "엄마가 거지냐?"고 물으며, 누가 식사를 권해도 사양해야 한다며 화를 내고 말았습니다. 어머니께서는 한 번도 누구에게 밥을 달라고 한 적이 없다며 저를 달래셨지요. 그래도 화가 풀리지 않은 저는, 앞으로는 그렇게 하시겠다는 다짐까지 받았습니다.

그런 어머니께서 아우가 결혼한 직후에 갑자기 돌아가시는 일이 벌어지고 말았습니다. 이제 겨우 식량 걱정을 면하고 살게 되었는데, 어머니께서는 마치 할 일을 다 하셨다는 듯이 홀연히 떠나셨지요. 저는 슬픈 마음보다, 그토록 고생만 하고 효도할 기회를 주지 않으신 점이 더 안타깝기만 했습니다. 차라리 몇 년 일찍 가셨더라면 고생이나 덜 하시지 않았을까 싶었던 것이지요.

"어머니를 잃은 슬픔이 잦아들기 위해서는 50년의 세월이 필요하다."라고 말한 사람이 있습니다. 그러나 저에겐 앞으로 10년을 더 보내고 50년을 훌쩍 넘겨도, 더 많은 세월이 필요하지 않을까 싶습니다.

셰익스피어는 인도와도 바꾸지 않겠다
- 수필로 음미하는 생활 속의 名言 (15)

지금은 조금 이야기가 달라지긴 했지요. 오래전의 영국은 대단한 나라였습니다. 미국이 세계적으로 대단한 영향력을 행사하는 나라가 되었지만, 이전에는 영국이 그러했습니다. 무엇보다 영국은 해가 지지 않는 나라라고 했을 만큼 많은 국가를 식민지로 지배하고 있었습니다.

그 식민지 중의 하나가 인도입니다. 엄청난 국토에 인구는 2024년 14억을 훌쩍 넘겼습니다. 누구나 인구가 많은 나라라고 하면 중국을 생각하게 되지만, 인도가 오히려 천만 명 이상이나 앞서게 되었습니다. 오늘날 인구 감소가 심각한 상황이어서 "셰익스피어는 인도와도 바꾸지 않겠다."라는 말은 더 의미가 크게 느껴지지요.

세계적으로 영향을 미치는 한 인물의 존재 가치도 새롭게 느껴지지만, 그가 작가라는 점을 더 주목하게 됩니다. 비교 대상이 아니라 하더라도 글을 쓰는 사람에게 존재감을 높여주기 때문입니다.

속된 말이지만 "사람은 제 잘난 맛에 산다."라고 합니다. 격格이 있는 같은 의미의 말을 생각해 본다면, "누구나 자신의 명예를 생명보다 중요시한다."라는 말이지요. 어떤 사람이 '내 이름 석 자를 걸고'라는 말을 한 기억도 떠오릅니다.

오래전에는 대학에 문예창작과가 거의 없었던 것으로 기억합니다. 진로지도를 받을 때, 국어국문학과는 굶는과라고 한 사람도 있다고 할 정도였지요. 전업 작가가 거의 없기도 했고 유명해지기 전에는 그들의 생활이 어렵기만 했다고 합니다. 그들의 삶을 지탱해 준 것은 작가의 자긍심이었겠지요.

이제 우리나라의 경제 수준은 선진국의 문턱을 넘어서고 있습니다. 더구나 한류열풍과 더불어 문화강국으로 명성을 떨치고 있는데, 오히려 독서 인구는 줄어든다고 합니다. 예전에는 취미를 물으면 독서라는 답변도 많았지요. 국민 소득의 증가와 함께 골프나 여행 등의 다른 취미가 일반화되긴 했지만, 이런 현상이 작가들에겐 안타깝습니다.

사실 이런 이야기가 저와는 거리가 멀기만 합니다. 비록 다른 취미가 변변치 못해서 취미 삼아 글을 쓰고 있지만, 작가로서의 자긍심은 갖고 있지요. 억지일지 모르지만, "셰익스피어는 인도와도 바꾸지 않겠다."라는 명언을 빌어 "수필가의 자긍심은 졸부의 재산과도 바꾸지 않겠다."라는 말로 서둘러 이 글을 마무리합니다.

며느리가 시어머니 흉을 보며 닮아간다
- 수필로 음미하는 생활 속의 名言 (16)

예전에 어른들에게서 들었던 재미있는 말이 참 많습니다. 그 중의 하나는 "며느리가 시어머니 흉을 보며 그 시어머니를 닮아간다."라는 말이지요. 어쩌면 그런 말들은 신세타령처럼 여겨졌고, 장수를 누리며 복에 겨워하는 말로도 들렸습니다.

저의 친가親家는 어른들, 심지어 종형까지도 모두 단명하셨습니다. 따라서 회갑을 넘기면서 고희까지만 살아도 대만족이라는 말을 한 적이 있습니다. 지금은 웃으며 회고하게 되는 일도 있지요. 65세가 되던 새해를 맞으며, 무려 9년 선배인 74세의 대선배에게 이런 말을 했었습니다. 그는 농담을 즐기시는 분이고 스스럼없는 사이여서 농담처럼 드린 말씀이지요.

"선배님! 올해 제 나이가 65세여요. 제 나이를 사사오입하면 선배님과 저는 같은 70대입니다.”

그런 말을 했던 제가 어쩌다 보니 이제 74세가 되었습니다. 비로소 적지 않은 제 나이를 실감하며, 저도 시어머니를 닮아 가는 며느리처럼 나이 타령을 하려고 합니다.

쉬운 상식常識도 어이없게 잘못 알고 있는 경우가 더러 있습니다. 망구의 나이라 함은 바라볼 망望에 아홉 구九이니, 90을 바라보는 90에 가까운 나이로 해석했지요. 알고 보니 망구는 81세, 한 해를 가리키는 말이지요. 마찬가지로 망팔은 71세를 뜻합니다. 그렇다면 저는 망팔의 나이를 한참 넘어서, 망구를 향하고 있네요. 77세인 희수喜壽는 불과 3년밖에 남지 않았고요. 고희의 나이는 기꺼운 마음으로 맞이했는데, 74세를 맞이하는 마음은 사뭇 다르기만 합니다.

나이를 가리키는 별칭도 의미심장합니다. 지학, 이립, 불혹, 지천명, 종심 등 모두가 그렇지요. 특히 종심從心의 뜻은 “마음이 내키는 대로 행동하여도 법도에 어긋남이 없다.”라는 말은 저에게 숙연한 마음을 갖게 하였습니다. 그러나 이제 100세 시대라는 말을 흔히 하고 있기에 아주 많은 나이로 여기고 싶지는 않았습니다.

제 종심의 나이는 순식간에 두 해가 흐르고, 아우의 간소한 고희연 초대를 받으면서 비로소 저의 적잖은 나이를 실감했습니다. 친구들을 보면 두 살 터울로 동생이 연이어 태어나는 경우, 네 살 차이면 동생의 동생이 되지요. 이제 동생의 동생이 고희를 맞게 되었으니, 나이 타령을 하게 되나 봅니다.

베스트셀러로 화제가 되었고, 소심증으로 고생한 저에게 큰 도움이 되었던 명저가 있습니다. 신경정신과 전문의로 유명한 이시형 선생의 저서, 『배짱으로 삽시다』라는 책이지요. 모처럼 그분의 저서인, 『어른답게 삽시다』를 반갑게 만났습니다. 여기에 있는 '항노화가 아니라 순노화'란 제목의 글이 특히 가슴에 와닿았습니다. 쉽게 말하면 노화 현상에 맞서지 말고, 노화 현상에 순응順應하며 살자는 의미이지요. 그 핵심을 간단하게 소개합니다.

사람이 늙어간다는 것은 거역할 수 없는 자연의 법칙이다. 노화에 대항할 전략을 짜 보아야 소용이 없는 일, 늙지 않기 위해 발버둥 쳐도 어찌할 수 없다. 그러니 잘 늙는 방법은 항노화가 아니라 순노화이다. 나는 한 번도 늙지 않기 위해 무엇을 해본 적이 없다.

언제부턴가 늙음은 부정적인 것, 싫은 것, 추한 것으로 인식하게 되면서 그에 맞서는 것이 트렌드가 되었다. 늙음은 농밀하고 풍요로운 것이다. 사유가 깊어지고 자연에 대한 경외심도 깊어진다.

    … 중간 생략 … 늙음을 데리고 살아라.

    나이 타령은 고리타분한 말로 들리기 쉽지요. 위에 소개한 글은 그렇게 들리지 않아서 좋습니다. 늙음을 즐거운 마음으로 데리고 살 수 있도록 해 주셔서 고마운 글입니다. 내년의 제 나이를 사사오입하면 80대, 이제 망구의 나이도 두렵지 않아서 다행입니다.

천석꾼은 천 가지 걱정,
만석꾼은 만 가지 걱정
- 수필로 음미하는 생활 속의 名言 (17)

저는 지금까지 살아오면서 잘한 일 하나가 부자를 부러워하지 않았다는 점입니다. 어머니께서 "천석꾼은 천 가지 걱정, 만석꾼은 만 가지 걱정을 안고 산다."라는 말씀을 여러 차례 하셨기 때문이지요. 그 영향으로 토목을 전공하고 직업으로 교직을 택하게 되기도 했습니다. 건설 경기가 호황을 누리던 시기여서 봉급이 세 배나 되는 건설 회사를 마다하는 저를 주변 사람들은 의아하게 생각했지요. 아버지께서 대학 1학년 때 급환으로 돌아가셔서 고학하며 많은 고생을 했지만, 교사 월급으로도 더 가난해질 걱정은 없다고 생각했습니다.

평생을 봉급으로 살아온 처지에 경제관념 운운하는 것이 우습게 보일지도 모를 일입니다. 그러나 내 자식들에게 꼭 들려주고 싶은 내용이기도 해서 한번 정리해 보고 싶습니다. 저의 경제관념은 '3대 원칙'이라고나 할까요. 다시 말씀드리면 세 분의 세 명언이 그것이라 할 수 있습니다.

먼저 제 아버지의 말씀입니다. 빈농의 농부이셨던 아버지가 어떤 사연으로 선대의 빚을 해결하시느라 크게 고생하셨습니다. 옛날의 그 장리쌀이라는 것이 50%인데, 얼마나 높은 이자입니까? 중요한 것은 춘궁기에 얻은 빚을 가을에 수확해서 갚는다고 보면, 오늘날의 연리와 비교할 때 100%의 이자가 되는 셈입니다. 저는 그렇게 알고 있는데, 어떤 분은 배로 갚는 것이 장리쌀이라고 하더군요. 그렇다면 200%가 되는 것이지요. 그 설명을 듣고 어린 마음에도 고리의 부당함에 치를 떨어야 했습니다.

아버지께서 하신 부연의 말씀이 "그 무서운 이자는 잠도 안 자고 자란다."라는 것이었습니다. 저에게 너무나 선명하게 각인되어 절대로 빚을 지고 살지 말자는 것이 저의 제1원칙이 되었습니다. 빚보증을 섰다가 빚을 진 일이 한 번 있었지만, 그만하면 잘 지켜졌다고 할 수 있겠지요.

두 번째 말씀입니다. 고교 시절에 어느 은사님의 말씀으로,

참으로 멋진 명언이라고 감탄했었지요. "푼돈을 아껴 써서 모여진 큰돈의 지출에는 과감하라!"라고 하셨습니다. 그렇습니다. 아주 작은 예를 하나 들어볼까요. 하루에 세 번씩 양치합니다. 치약의 양을 조절해서 절약되는 것은 하찮은 금액이지만, 평생 사용하는 양으로 계산하면 엄청난 금액이 될 수 있습니다. 문제는 그렇게 절약할 수 있는 항목이 수없이 많다는 것이지요.

중요한 것은 그렇게 모은 목돈을 나를 위해서 쓰지 말고, 과감하게 남을 위해서 쓰라는 말씀이었습니다. 이 말씀을 잘 기억한 덕분으로 지는 환경교육센터나 대전홍사단 회관 선립 기금을 희사할 수 있었습니다. 이 말은 또한 "자신을 위한 지출에는 인색하고 남을 위한 지출에는 과감하라!"는 말로도 해석됩니다.

세 번째 어느 동료의 말씀입니다. "작은 차, 작은 집에 만족하면 쪼들릴 일이 없다."라고 하였습니다. 이 말은 제가 재산을 모으지 못하게 작용했을지도 모르겠습니다. 그러나 조금도 원망하는 마음은 없고, 백발이 되어서 작은 차를 타며 부끄럽게 생각해 본 적도 없습니다. 적은 돈으로 마련한 차가 불편하지 않아서 그저 고맙기만 할 따름입니다.

지금 사는 28평의 집에서 30년 넘게 살고 있습니다. 이 집을 팔고 1억 정도를 보태면, 새 아파트로 이사할 수도 있습니다. 그러나 차와 마찬가지로 불편하지 않기에 고려하지 않았습니다. 오히려 두 식구가 살기엔 넓어서 절차가 간단하다면 줄이고 싶은 마음이 더 큽니다.

남들이 이 글을 읽으면 딱하게 여겨지겠지요. 그렇지만 공감하는 사람도 더러 있을 걸로 여기렵니다. 물론 자신에게 주고 싶은 점수는 90점 이상입니다.

헤어지는 연습을 하며 사세

– 수필로 음미하는 생활 속의 名言 (18)

조병화 시인은 '헤어지는 연습을 하며 사세' 라는 시를 썼지요. 헤어짐이 많은 세상을 살며, 상처를 받지 않기 위해서는 헤어지는 연습이 필요하다는 의미라고 합니다.

순환근무제가 철저하게 지켜지고 있는 공립학교의 2월은 헤어짐의 계절입니다. 세월의 수레바퀴가 또 하나의 나이테를 완성하면, 약 30% 정도의 동료들과 헤어짐을 강요당하는 것입니다. 저는 나이를 먹다 보니 그러한 이별을 무려 36번이나 맞이했는데도 익숙하지 않았습니다. 눈만 뜨면 얼굴을 마주하며 동고동락하다가 인사 명령에 따라 헤어져야 한다는 현실이 전혀 실감이 나지 않곤 했지요.

더욱 안타까운 것은 한 번 헤어지면 다시 만나기가 쉽지 않다는 점이지요. 그래도 남자들은 특별히 정을 나눈 관계라면 술자리를 만들어 회포를 풀기도 합니다. 물론 사교성이 좋은 사람들은 그런 기회를 더 쉽게 만들기도 하지만, 저의 경우는 쉽지 않았습니다.

갈 수 없는 고향이 더 그리워지게 마련이라고 했습니다. 마찬가지로 만날 수 없는 헤어진 여자 동료들이 더 그리워지곤 합니다. 남자 동료와는 달리 여자 동료는 둘이 만나는 것이 불편하기도 하고, 또 괜한 오해가 걱정되어 연락할 용기가 나지 않습니다.

그런 몇 명의 여자 동료가 주마등처럼 스칩니다. 저의 문학 활동과 관련이 있는 분들이 대부분이지요. 확실히 남성보다 여성이 문학에 관심이 더 많은 듯합니다. 제가 서산에서 문학 활동을 하던 때는 제 원고를 성의껏 보아주던 분도 있었고, 동인지를 학생들에게 많이 판매해서 문학회의 살림에 큰 도움을 주신 분도 있었습니다. 저는 토목과만 수업을 들어가서 도움을 청했는데 기꺼이 도와주셨지요. 물론 교장 선생님의 허락을 받았지만, 지금은 상상할 수도 없는 일입니다. 천안으로 와서는 제가 문학 활동을 하는 줄 알고 관심을 나타내서, 『천안문학』을 주었더니 후원금을 주신 분도 있었습니다.

천안여중에 근무할 때는 컴퓨터로 업무를 처리하려면, 여선생님의 도움을 받을 수밖에 없었습니다. 직원의 대부분이 여선생님들이기 때문입니다. 금방 가르쳐준 것을 또 물어도 싫은 내색이 없던 분들이 참으로 고맙기만 했지요.

어느 철학가는 고별 강의를 통해 '헤어짐은 새로운 만남의 약속'이라고 하였습니다. 그 깊은 의미를 제가 모르기 때문일까요. 저에겐 맞지 않는 말씀으로 여겨집니다. 어떤 스님은 "너무 깊이 사랑하지 말라."라고 했습니다. 사랑이 깊은 만큼 헤어져야 하는 아픔도 크기 때문입니다. 한 번 헤어지면 다시 만나기 어려운 세상살이, 이제라도 더 따뜻한 정을 나누며 살아가고 싶습니다.

정성이 지극하면 하늘도 감동한다 - 至誠感天
- 수필로 음미하는 생활 속의 名言 (19)

한자에는 뜻이 깊은 글자가 매우 많습니다. 뜻글자라고 말하는 것처럼 한 글자에 여러 의미를 담고 있기도 하지요. 제가 존경하는 안병욱 교수님께서는 성誠, 한 글자를 놓고 긴 강의를 이어가시기도 했습니다. 유교의 여러 경전을 섭렵하며 정성의 성, 성실의 성, 진심의 성, 지극至極의 성 등으로 설명하셨습니다.

지성감천至誠感天은 불과 네 글자에 불과하지만, 그 속에는 엄청난 많은 뜻이 담겨 있습니다. "지극至極한 마음으로 정성을 다하면 하늘도 감동感動하여, 불가능해 보이는 어려운 일도 이룰 수 있게 된다."라는 의미로 해석합니다.

지금까지 살아오며 자신에게 부끄럽지 않은 일을 하나만 꼽는다면, 제 깜냥대로 성실하게 살아왔다는 점입니다. 흥사단을 통해 뵙게 된 안 교수님이 결정적인 영향을 주셨지요. 그분의 교양 강의를 들은 것도 헤아릴 수 없게 많고, 50권의 저서도 거의 탐독했으며, 댁으로 찾아뵙고 귀한 말씀을 들은 것도 여러 차례입니다.

4박 5일의 흥사단 고등학생아카데미 간부수련회와 3박 4일의 전국 흥사단 실무자 연수회의 내용은 거의 교수님의 강의로 채워졌습니다. 그 외에도 행사를 통해 많이 뵈었지만, 매우 감동한 일이 있지요. 매우 바쁜 분임에도 행사장에 가장 먼저 오셔서 참석자를 환영해 주시고, 행사가 끝나면 악수로 격려하며 모두가 떠날 때까지 남아계신 점이었습니다. 그야말로 흥사단 후배들을 지극정성으로 대하셨지요. 대전흥사단의 행사에 해마다 몇 차례 강연 의뢰를 받으실 때도, 한 시간 정도 일찍 오셔서 대화를 즐기곤 하셨습니다.

강의 내용의 대부분은 도산 사상과 흥사단 이념이었습니다. 흥사단의 4대 정신 중 첫 번째는 무실務實입니다. 무실을 설명할 때면 지성감천이 등장했습니다. 우선 한 글자씩 뜻을 풀어 갑니다.

지至는 '이를 지'라고 읽지만, 최선의 노력을 다한다는 의미입니다.

성誠은 진실, 진심, 성실의 의미이지만, 꾸준한 노력을 포함합니다.

감感은 '느낄 감'이라고 읽지만, 움직인다는 감동의 의미입니다.

천天은 '하늘 천'으로 읽지만, 하늘뿐만 아니라 어떤 큰 힘의 우주 질서를 의미합니다.

이어지는 성실에 대한 설명을 간단하게 정리하기는 어렵습니다. 핵심은 사람이 일생을 살아가는 가장 중요한 덕목은 성실이고, 우리가 딛고 서야 할 바탕도 성실이며, 평생을 살아갈 생활의 반석이라고 하셨습니다. 이 밖에도 동서고금을 막론하고 많은 성현聖賢께서는 성실의 중요성을 강조한 명언을 남겼습니다.

성실의 중요성을 강조하는 이런 속담도 소개하셨습니다. "하루 행복하려면 이발을 하라. 1주일 행복하려면 여행을 하라. 한 달 행복하려면 집을 사라. 1년 행복하려면 결혼을 하라. 평생 행복하려면 성실하여라."

안 교수님께서는 논어의 발분망식發憤忘食을 좋아한다는 말씀도 하셨습니다. 물론 저도 좋아하게 된 말이지요. 어떤 목표 의식이 강하게 발동하여 밥을 먹는 것도 잊어버리게 되는 것을 말합니다. 그러한 결과로 일을 만족스럽게 마무리하고 나서 갖게 되는 쾌감은 그 무엇과도 비교할 수 없겠지요.

"기대가 크면 실망도 크다."는 말이 있습니다.
사람이 살면서 위로를 받아야 할 가까운 사람으로부터 오
히려 큰 상처를 입는 경우가 많다고 하지요. 가장 가까운
부모나 형제로부터 받게 되는 상처는 쉽게 아물지 않습니다.

세상에서 가장 행복한 섬 – 그래島

야구 몰라요, 이게 다 야구 때문이다
- 수필로 음미하는 생활 속의 名言 (20)

야구광에게는 야구 명언도 매우 많습니다. 그중에서도 제가 가장 먼저 꼽고 싶은 명언은 "야구 몰라요." 와 "이게 다 야구 때문이다."입니다. 옛 어른들의 말씀을 빌리면, 제가 살아온 이야기는 여러 권의 책으로도 부족할 듯합니다. 그 8할을 야구 이야기로 채울 수 있을 정도로 야구가 제 인생을 지배해 왔지요.

작년 8월에 있었던 천안문학관 연찬회에 참가했을 때, 윤성희 문학평론가께서는 강연 중에, 끌리는 책으로『이게 다 야구 때문이다』를 소개했습니다. 제가 더 반가운 것은 이 책을 저에게 선물하신 적이 있기 때문이지요. 저는 그 책을 받고 40여 년 전의 좋은 추억을 소환하게 되기도 했었습니다.

문학 활동을 시작하고 처음 제 글이 실린『천안문학』을 들고 안병욱 교수님을 찾아뵌 적이 있었지요. 그 자리에서 막 출간된 교수님의 저서를 선물로 받고 감동했습니다. 그 이유는 그냥 주신 것이 아니라 "고마운 김세관 同志에게"라고 내지에 써 주셨기 때문이지요. 교수님께서는 당시 제가 대전홍사단 일을 열심히 하는 것으로 알고 계셨던 의미로 받아들였습니다. 마찬가지로 윤성희 평론가께서 제가 야구광인 걸 기억해 주신 점이 고마워 기쁨이 컸습니다.

저는 최근에 안 교수님과 교분이 매우 깊었던 김형석 교수님의 저서『백세 일기』를 읽었습니나. 서기에는 안 교수님과의 특별한 인연이나 숨은 일화가 많이 있어서 읽는 재미가 쏠쏠하였습니다. 제가 안 교수님과의 추억을 되살리는 기회도 되었지요.

다시 야구 이야기로 돌아갑니다. 저는 야구를 좋아하는 것을 지나치게 표현하자면, 응원하는 팀의 승패에 목을 맬 정도이지요. 숨 가쁘게 순위 경쟁을 할 때는, 잠을 자다가 중간에 깨어 다음 경기의 선발 투수 조합에 따라 경기 내용을 전망하곤 합니다.

이런 저를 보며 주변 사람들은 이해할 수 없다고 말하곤 합니다. 그 이유를 한 마디로 말씀드리지요. 야구의 승패에 따라 제가 하는 일이 술술 풀리기도 하고, 일이 이상하게 꼬이기도 합니다. 그렇다면 저의 일이 잘되고 못되고는 다 야구 때문인 셈이지요. 그렇게 저의 모든 일은 다 야구 때문이기에 어쩔 수가 없습니다. 서울은 물론이고 멀리 인천이나 대구 광주까지 원정 응원을 다니는 이유이기도 합니다.

어느 야구 해설위원이 자주 사용해서 그의 전매특허가 된 말이 있지요. 바로 "야구 몰라요."입니다. 큰 점수 차에서 막판에 역전되기도 하고, 심지어는 꼴찌 팀이 선두 팀에 3연승을 하는 경우도 있습니다. 그 외에도 도무지 이해할 수 없는 상황이 자주 발생합니다.

해마다 시즌을 앞두곤 야구 전문가들이 각 팀의 바뀐 전력에 따라 경기 내용이나 순위 경쟁을 전망하곤 합니다. 특히 초반에는 그 전망이 많이 빗나가서 "야구 몰라요."라고 말하게 되지요. 그래서 야구가 재미있는 스포츠로 주목받고 있기도 합니다.

올해 초반의 이슈는 한화이글스의 대반전입니다. 최근 몇 년간 구단에서는 새 야구장 건설비를 비롯해서 엄청나게 큰 투자를 했지요. 너무 오랜 기간 하위권에 머물러서, 승리에 목말라 있는 보살 팬들은 기대가 컸습니다. 그러나 꼴찌에서 한 계단씩 오르는 성과밖에 이루지 못했지요. 작년에 류현진 선수가 미국에서 자유계약 선수가 되면서, 국내 복귀 가능성에 관심이 엄청났었습니다. 결국 2년 200억의 제안을 뿌리치고, 8년 170억의 계약이 이루어졌습니다. 미국으로 떠나면서 힘이 남아 있을 때 돌아오겠다던 약속을 지킨 셈이기도 합니다. 초반에는 1패 후에 7연승을 하면서 우승 후보까지 오르기도 했지만, 8위에 그치고 말았습니다.

올해도 두 자유계약 선수를 영입했고, 무엇보다 새로운 대전 한화생명볼파크를 개장하면서 기대는 하늘을 찌를 정도였습니다. 우승을 다툴 팀으로 꼽는 감독도 있었고 전문가들은 모두 최소한 5위 안의 전력으로 평가했습니다.

이게 웬일인가요? 참으로 오랜만의 시즌 개막전 승리까지는 좋았는데, 졸전을 계속하면서 꼴찌에 머물러야 했습니다. 4월 13일부터 급반전이 일어납니다. 3연승 후 1패, 다시 8연승 후 2패, 그리고 12연승을 거두면서 선두 자리를 지키고 있습니다. 여기에서 또 "야구 몰라요."가 등장합니다.

어느 전문가의 말에 완전 공감입니다. 한화이글스 선수들이 초반에 잘해야 한다는 부담감이 너무 컸던 것이었지요. 이제 본 실력이 나오는 것으로 해석합니다. 아무리 야구를 알 수 없다고 할지라도, 올해 한화이글스의 최종 성적이 선두권이리라는 것은 분명하게 여겨집니다.

어떤 문우는 그의 글을 통해 "김세관 작가가 야구광인 줄은 동네 개도 다 안다."라고 해서 저도 크게 웃은 적이 있지요. 물론 저를 아는 사람이라면 다 인정하는 사실입니다.

만나면 야구로 인사를 나누는 사람도 많습니다. 한화이글스의 성적에 따라 축하도 받고 위로도 받습니다. 류현진 선수가 미국으로 떠날 때는 얼마나 섭섭하냐고 묻는 사람도 있었지요. 당시 저의 대답은 이러했습니다. "아니지요. 제가 그렇게 좋아하는 류현진 선수가 미국에서도 성공하는 모습을 보고 싶습니다. 또 어차피 한화이글스의 성적은 바닥이니, 류현진 선수가 떠나면 꼴찌를 해도 핑계를 삼을 수 있으니 좋겠습니다."

은퇴하고 12년, 축하 전화를 받을 일이 거의 없었습니다. 요즈음 한화이글스의 선전에 축하 전화를 몇 통 받았습니다. 축하받을 일이 없는 세월을 살며, 제가 야구광으로 살고 있는 것은 행복입니다. 한화 보살 팬들이 그렇게 오랜 기간, 8회가 되면 '최강 한화'를 외치고, 꼴찌에 머물러도 응원가로 '나는 행복합니다. 한화라서 행복합니다.'를 합창했는데, 드디어 그 구호와 응원가 가사가 현실이 되었습니다. 요즈음 저는 야구 덕분에 살맛이 난다고 말씀드려야겠네요.

이 글을 읽으신 분들은 "야구 몰라요."와 "이게 다 야구 때문이다."라는 두 명언을 명언으로 인정하시겠지요?

   셋째 마당

나의 눈물까지도 사랑할 사람

- 수필로 음미하는 생활 속의 名言 (21)

제가 김 부장을 만난 곳은 합덕산업고였습니다. 지금은 마이스터고인 한국제철고등학교로 바뀌어 입학하기 어려운 학교가 되었습니다. 비록 1년을 같이 근무했을 뿐이지만, 많은 추억을 공유하며 좋은 인연이 되었지요. 무엇보다 제 글의 애독자로 글을 쓰는 보람을 갖게 하는 분입니다. 제 수필이 실린 책이나 저서를 보내드리면, 여러 번을 읽는다고 하시지요. 설마 그럴까 싶지만 저에겐 감동을 준 말입니다.

이런 일도 있었습니다. 그가 주도主導해서 만들어진 당시 같이 근무했던 다섯 명의 모임이 있습니다. 최근에 한 명이 더 합류하게 되었지요. 그가 모처럼 만난 저에게 편하게 던진 말입니다.

"아직도 산에서 살고 있어요? 다 늙어서 고생하시지 말고, 내려와 자주 만납시다." 예상치 못한 말씀에 저는 대답이 궁하여 말없이 앉아 있자, 김 부장께서 이렇게 두둔하고 나섰습니다. "아하, 어찌 좋은 수필을 쓰시는 김 작가님을 모르고 그러십니까?" 조금은 마음이 불편했던 저는 비로소 속으로 웃을 수 있었지요.

학생 수는 적었지만, 합덕중학교와 병설이어서 큰 강당 겸 체육관을 짓고 개관식을 앞두게 되었습니다. 현상 공모를 통해 체육관의 명칭을 결정하기로 했지요. 김 교무부장은 마감이 모레인데 마음에 드는 작품이 없다고 걱정했습니다. 저에게 작가 선생님께서 좋은 작명을 해 보라고 채근하셨지요. 저도 뾰족한 생각이 떠오르지 않았습니다. 수업이 없어서 교정으로 산책을 나섰습니다. 평소 다니지 않던 조용한 길을 걷기로 했습니다. 자동차로 출근하는 직원이 많아져 큰길을 다시 만들며, 숨겨진 장백룡 선생의 공적비를 만났습니다.

학교 설립에 크게 공헌한 분으로, 의류 사업에 성공해서 거금을 희사하셨다고 합니다. 그런 거금이라면 직접 학교를 세우고 설립자 겸 이사장이 될 수도 있겠지만, "교육에 대해 전혀 아는 바가 없으니, 관계 기관에 금전만 희사하겠다."라고 하셨습니다. 당시 시골은 농업학교밖에 없었지요. 충분한 실습지가 필요했기에 10만여 평의 땅을 확보하고, 건물까지 지을 수 있는 금액이었습니다. 후에 합덕중학교와 농고로 분리되었고, 옆에는 합덕여중과 여고가 들어섰습니다.

저는 '장백룡'이라는 함자에 눈을 맞추었습니다. 체육관의 작명에 대한 간곡한 부탁을 받은 참이었기 때문이지요. 교무실로 돌아와서 바로 의견서를 만들었습니다. 예로부터 용龍은 입신양명의 상징이었고 등용문登龍門이란 단어도 있어서, 설립자의 큰 공적을 새롭게 살리는 기회로 삼을 수 있겠다. 이에 강당 겸 체육관으로 사용될 건물의 명칭을 '백룡체육관'으로 제안한다는 내용이었습니다. 자세한 설명도 없이 바로 출력해서 부장님께 드렸지요.

재미있었던 것은 의견서를 읽고 부장님은 큰 소리로 외쳤습니다. 마침, 쉬는 시간이어서 대부분 자리에 앉아 있었습니다. "선생님들! 체육관 명칭 공모를 마감합니다. 이미 결정되었습니다." 아직 이틀이나 마감이 남아 있어서 원칙에는 벗어난 일이었고, 교장 선생님께 말씀드리지도 않았기에 재미있었던 일이라고 표현했습니다.

며칠 후의 일입니다. 부장님이 부르더니, 상금이 나왔는데 혼자 쓰실 거냐고 물었습니다. "아니요, 간단하게 교무부 회식이나 하지요."라고 대답했지요. 그는 자기가 상금 두 배의 돈을 보태서 댁으로 초대하겠다고 했습니다. 저에 대한 배려였던지 저와 둘이 카풀을 하던 최 부장도 함께 초대했습니다. 당일 본댁에 다니러 왔던 따님이 손님 접대를 위해 드나들며 인사를 했습니다.

며칠 후의 일입니다. 부장님께서 심각한 표정으로 저를 조용한 곳으로 데리고 갔습니다. "제 여식이 순천향대학병원의 간호사로 있는데, 나이는 차고 바쁘다며 연애도 못 하니 걱정이에요. 최 부장에게 장성한 아드님이 있다고 들어서 사돈을 맺고 싶은데, 엊그제 제 딸을 보셨을 테니 의견 좀 타진해 주시길 부탁드려요." 저는 어쩐지 좋은 느낌을 받았지요. 그날 퇴근하며 최 부장께 말씀드렸더니, 긍정적인 반응이었습니다. 그런 다음에 두 남녀의 약혼 소식을 들었습니다.

경사에 저는 숙제를 안게 되었습니다. 결혼 날짜가 잡히고 김 부장은 저에게 단도직입적인 주문을 하셨습니다. "중매하신 분이 주례까지 서야겠어요. 작가님의 멋진 주례사를 기대합니다." 저는 펄쩍 뛰었지요. 나이가 50이 되기 전이었고, 최 부장은 천안농고에서 15년이나 같이 근무했기에 하객들 대부분이 아는 선배들이기 때문입니다. 농업이 사양 산업이 되면서 농고는 모집 인원이 계속 줄어들어, 전문교과 교사는 제가 막내나 다름이 없었습니다. 마침, 천안농고에서 모셨던 교장 선생님께 부탁드리라고 우겼지요. 그의 고집이 대단해서 결국

   셋째 마당

주례가 되었습니다. 여러 차례 제자 주례를 섰고 제자가 아닌 경우의 주례도 몇 차례 있었지만, 그 자리는 참으로 긴장이 되었습니다.

　주례사의 일부를 소개하며 길어진 글을 마무리합니다.
　"먼저 강조하고 싶은 것은 매사에 감사할 줄 아는 사람이 되라는 것입니다. 생각해 보면 우리 주변에는 고마운 일이 너무나 많습니다. 아침에 일어나 수도꼭지를 열었을 때, 수돗물이 잘 나오는 것도 고마운 일이고, 내 돈으로 산 쌀일지라도 그 쌀이 밥이 되어 나에게 오기까지는 만인의 노고가 남겨 있음을 생각하지 않을 수 없습니다.
　고마운 사람 중에서도 역시 부모님의 은혜를 강조하지 않을 수 없습니다.

- 중간 생략 -

　많은 말씀을 드리고 싶지만, 제가 좋아하는 한용운 님의 시 일부를 낭송하는 것으로 제 말씀을 압축하고자 합니다. 이 시에 내포된 의미를 생각하며 살아가시기를 바랍니다.
　"내가 당신을 사랑하는 것은 까닭이 없는 것이 아닙니다./ 다른 사람은 나의 동안童顔만을 사랑하지만, 당신은 나의 백발

까지도 사랑할 사람이기 때문입니다. / 내가 당신을 기루어 하
는 것은 까닭이 없는 것이 아닙니다. / 다른 사람은 나의 미소
만을 사랑하지만, 당신은 나의 눈물까지 사랑할 사람이기 때
문입니다."

끝으로 이 자리에 계신 하객 여러분께도 부탁의 말씀을 드립
니다. 오늘 이 자리에서 부부가 된 두 사람이 훌륭한 가정을 이
루고, 나아가 우리 사회에 크게 이바지할 수 있도록 지켜보며
울타리가 되어주시길 당부드립니다.

감사합니다.

위기는 기회다
 – 수필로 음미하는 생활 속의 名言 (22)

　소설을 쓰고 싶은데, 어려워서 수필부터 접근하게 되었다는 사람이 있었지요. 수필가로서 자긍심이 상하는 일이었지만, 사실은 저도 거기에 해당하는 사람입니다.

　학창 시절엔 저도 소설을 써보고 싶었습니다. 저를 절망케 한 분은 조정래 작가입니다. 태백산맥을 읽고 저는 소설이 쉽게 써지는 게 아니라는 걸 알게 되면서 자신을 잃고 말았습니다.

　제가 좋아하는 소설가는 많이 있지만, 한 분만 더 말씀드립니다. 술술 읽히는 좋은 작품을 많이 쓰신 박완서 작가입니다. 교직 생활을 시작하던 해, 그분이 쓰신 수필집『꼴찌에게 보내는 갈채』를 선물로 받고 저도 수필을 쓰고 싶다는 의욕을 갖게 되었습니다.

문장 구성의 기본도 모르고 용감하게 시작했지요. 그 후 조금씩 수필 이론서도 읽었지만, 갈수록 어렵게 느껴져서 위기감을 느꼈습니다. 그렇다고 포기하기엔 미련이 남아, 지푸라기라도 붙잡는 심정으로 떠올리게 된 말입니다.

"위기는 기회다." 야구를 떠나서도 흔히 듣게 되는 말입니다. 위기를 잘 극복할 수만 있다면, 그것은 분명 새로운 도약의 계기가 되고 힘차게 나아갈 수 있는 동력으로 작용하게 되겠지요.

야구 중계를 하며 매우 많이 쓰는 말이 '위기 뒤의 찬스'이지요. 멘탈의 성격이 특히 강한 야구이기에, 위기를 잘 넘기면 심리적 안정을 얻게 됩니다. 상대 팀의 입장에서는 기회를 놓친 셈이기에 심리적으로 흔들리게 되기가 쉽습니다.

비슷한 말 중에 더 이상 내려갈 곳이 없으니, 이제 올라갈 일만 남았다는 말도 있습니다. 예전에 연속 꼴찌를 도맡고 있는 한화이글스의 팬들에게 위안이 되는 말이기도 하지요. 전력이 많이 보강되었다며 4강을 기대하는 사람도 있었을 때, 저는 꼴찌만 면해도 만족하겠다고 했습니다. 학생들의 학교 성적은 1등이 아니면 만족하기가 어렵지요. 꼴찌만 면해도 즐거울 수 있는 야구는, 그래서 더욱 고마운 존재입니다.

"위기는 기회다." 참으로 야구 경기의 특성을 잘 나타낸 말입니다. 대량 실점의 위기에서 희망을 품게 되기도 합니다. 자못 역설적으로 느껴지는 말이지만, 뜻밖에 무사 만루의 위기에서 실점하지 않는 경우도 많기 때문입니다. 그런 절체절명의 위기에서 실점하지 않는 걸 지켜보는 것이 야구의 묘미이기도 합니다. 저는 응원하는 팀이 큰 위기를 맞을 때마다, 이 위기만 잘 넘기면 승기를 잡게 된다는 '마인드 컨트롤'을 작동시키곤 합니다. 결정적인 위기에서 가슴을 진정시키기 위해 그 위기를 즐기자며 벌렁거리는 가슴을 손으로 누르곤 합니다.

다른 일을 처리하는 과정에서도 그런 마음을 가질 수 있다면 얼마나 좋겠습니까? 저는 불행하게도 소심한 성격이어서 어떤 어려움에 맞닥뜨리면 마음의 안정을 찾기가 매우 어렵습니다.

지금부터라도 야구의 위기를 즐기듯이, 생활 속의 위기에서도 대범해질 수 있도록 하자고 단단히 마음을 별러봅니다. 야구는, 야구장의 다이아몬드는 우리 인생을 살아가는 지혜가 모두 담겨있기에 인생의 축소판이란 말을 상기하며……

적을 가볍게 보면 반드시 패한다(輕敵必敗)
- 수필로 음미하는 생활 속의 名言 (23)

각종 승부를 다투는 과정에서 널리 쓰이는 말입니다. 저는 바둑을 배우며 이 명언을 배웠지요. 먼저 50집을 지으면 반드시 패한다는 말도 있는데, 한자어로 쓰면 선작오십가자필패先作五十家者必敗입니다. 매우 유리하게 싸움이 전개되더라도 방심과 교만은 금물이라는 의미가 담겨 있지요. 인공지능 알파고와의 대결을 앞두고 5:0의 완승을 장담했던 이세돌 9단이 겨우 1승을 건진 일을 떠올립니다.

이 밖에도 상대방을 가볍게 여기면 패배한다는 의미로 쓰이는 말은 많습니다. 사나운 매도 발톱을 감추고, 산중의 왕이라는 호랑이도 몸을 숨긴다고 하지요. 유명 정치인이 선거를 앞두고 경쟁하는 상대방을 무시할 때, "선거는 투표함을 열어보아야 안다."라고 말하기도 합니다. 어쩌면 겸손의 미덕을 강조한 말로 여겨지기도 합니다.

저는 바둑을 엉터리로 배웠습니다. 체계적으로 정석부터 배워야 하는데, 바둑이 좋은 취미라는 말을 듣고 무작정 시작했지요. 바둑을 모르는 동생과 그냥 싸움 바둑만 두면서 승부를 겨루었습니다. 특히 방학 중이면 많이 대국을 벌이다 보니, 잔 꼼수의 실력은 꽤 늘어나게 되었습니다.

바둑 실력은 한두 판으로는 모른다고 하지요. 서로 실력을 모르면서 처음 내국을 하게 되있을 때, 어느 정도 기본 실력을 갖추면 8급이라는 말을 들었습니다. 다음부터 저도 처음 만나는 사람에게 8급이라고 했지요. 상대방은 이상한 포석의 저를 바라보며, 이해할 수 없다는 표정을 짓곤 했습니다. 그처럼 포석이 엉터리인 저를 가볍게 여겼겠지요. 그 덕분으로 제가 승리하기도 했습니다. 정석이 아닌 저의 잔 꼼수에 당한 셈인데, 이 경우도 경적필패란 말이 어울리지 않을까 싶습니다. 물론 저보다 실력이 높은 사람에겐 전혀 통하지 않는 일이었습니다.

긴 인생을 살다 보면 중요한 성패를 좌우하는 순간을 맞이하곤 합니다. 작은 점수 차로 갈리는 학창 시절의 합격 여부도 그렇습니다. 정치인들의 여러 선거 과정에서는 적은 표차로 당락當落이 결판나는 경우도 많은데, 그에 따른 결과의 차이는 엄청납니다. 승자의 면류관과 다시 4~5년을 와신상담해야 하는 패자의 아픔은 마치 하늘과 땅의 차이만큼이나 크겠지요.

순위 경쟁이 치열한 프로야구에서 한 게임의 승패가 1년 농사를 좌우하기도 합니다. 당연히 지는 게임인 줄 알았다가 멋진 역전승을 거두면서 연승을 이어가는 경우가 많습니다. 반면에 어이없게 역전패를 당하고 연패에 빠지기도 합니다. 야구는 멘탈(mental)의 경기여서 팀이 흔들리다 보면, 에이스가 이해할 수 없게 와르르 무너지기도 합니다. 또, 투수가 잘 던져도 어이없는 수비 실수로 경기를 망치기도 하지요. 그러한 멘탈의 붕괴야말로 백약이 무효인 상황이 되고, 명장으로 추앙받던 감독을 물러나게 만들기도 합니다.

흔한 일은 아니지만, 꼴찌 팀이 선두를 질주하는 강팀에 3연승을 거두는 일도 발생합니다. 선두를 넘보는 팀들을 상대하며 잔뜩 긴장하던 중에 꼴찌 팀을 만나 긴장이 풀려서이기도 하지만, 이해할 수 없는 일이지요. 이 또한 경적필패輕敵必敗가 아닐까 싶습니다.

저는 소심해서 하지 않아도 될 걱정을 미리 지나치게 하는 경우가 많았습니다. 앞에서 '사람도 죽고 사는데'라는 제목의 글을 쓴 적이 있었는데, 또 비슷한 말씀을 드리게 되었습니다. 어찌 보면 참으로 인생을 피곤하게 살아왔다고 할 수 있겠지요. 그렇다고 그런 저 자신을 크게 원망하는 것은 아닙니다.

어떤 일을 앞두고 낙관하다 보면, 전혀 다른 상황으로 전개되기도 하지요. 마치 믿었던 도끼에 발등을 찍힌 낭패감을 맛보게 합니다. 반면에 여러모로 일의 결과가 어렵게 여겨져 노심초사, 긴장감이 팽배한 상황에서 마음고생이 컸을 때는 일이 쉽고 순조롭게 해결되곤 했지요. 그런 경우에는 기쁨이 배가倍加되어서 더 좋았습니다. 그렇다면 소심해서 쓸데없는 걱정을 꾸어다 하는 게 나쁘기만 한 것도 아니겠지요.

큰일을 치르다 보면 어려운 고비를 많이 넘길 수밖에 없습니다. 그 어려운 일들을 잘 해결하고 마무리 단계에 들어서면, 안도감과 함께 긴장이 풀리게 마련이지요. 그러다가 잘 지어진 밥에 코를 빠뜨리듯, 일을 그르치는 경우도 있습니다. 중요한 일일수록 끝까지 긴장을 늦추지 말아야 한다는 경구警句로, 이런 말도 있습니다.

"어떤 일이나 마무리가 중요하다. 일을 잘하는 사람은 마무리가 깔끔하다." 그런 사람은 직장에서 동료와 상사에게 좋은 평가를 받습니다. 나중에는 요직에 발탁되어 성공 가도를 달리게 되기도 하지요. 일의 마무리 실력이 부족했던 저 자신을 이제야 깨우치며 쓴웃음을 머금습니다.

세상에서 가장 행복한 섬 – 그래島
– 수필로 음미하는 생활 속의 名言 (24)

같은 말이 상황에 따라 쓰임새가 다르기도 하지요. 우리에게 위안을 주거나 삶의 지혜가 담긴 명언이 많습니다. 그런가 하면 접속사나 관용구가 함축적인 의미를 품고 있기도 합니다. 크게 불행한 일을 당한 가운데에서도 달리 생각해 보면 다행스러운 일면—面을 찾을 수 있으니까요. 그럴 때 흔히 '그래도' '그럼에도 불구하고' '불행 중 다행' '천만다행' 등을 사용하곤 합니다.

사고는 예고 없이 찾아온다고 합니다. 사고를 당한 직후에는 '하필이면'이나 '왜? 나에게'를 떠올리며 원망하지만, 고비를 넘기고 나면 더 큰 불행을 면하게 된 것을 행운으로 여길 수 있게 되지요. 이따금 발생하는 대형 사고에도 그런 경우가 많습니다.

지금은 활동을 멈추었지만, 예닐곱 명의 적은 인원이 오붓하게 사찰 순례를 다녔던 '천안교사불자회'의 좋은 추억을 떠올리곤 합니다. 불교 공부를 많이 하신 정 회장님 덕분으로 좋은 해설을 들을 수 있었고, 여러 사찰에서 주지 스님의 환대를 받기도 했습니다.

요즈음 어느 종교나 신도의 노령화가 심각하다고 하지요. 교사불자회 모임도 그런 현상이라 보아야 할지, 퇴직하면서 모임이 이어지지 못했습니다. 세월이 많이 흐르고, 얼마 전의 일입니다. 모처럼 불교방송으로 채널을 돌리자, 반가운 마가 스님을 뵙게 되었습니다. 천안 만일사의 주지 스님으로 계실 때, 가까이 뵙고 좋은 말씀을 들었지요.

방송을 통해 들었던 설법 내용의 핵심입니다. 세상에서 가장 행복한 섬은 어디인가 질문을 던지셨지요. 답은 '그래도'입니다. 여기서 도島는 가상의 섬이지요. 그 이유를 아래와 같은 일화로 설명합니다.

어떤 나쁜 남편이자 아버지가 있었습니다. 결혼하여 4남매를 두었는데 막내가 태어나고 바로 집을 나갔습니다. 속된 말로 바람이 나서 새살림을 차렸던 것입니다. 그 아내는 혼자 4남매를 키우며 모진 고생을 했지요. 물론 가난한 살림에 자녀들도 아르바이트로 학업을 이어가야 했습니다.

불행 중 다행이라고나 할까요. 많은 세월이 흐르고 4남매는 잘 성장하였습니다. 그러던 어느 날, 집을 나갔던 아버지는 늙고 병든 몸으로 돌아옵니다. 소식을 듣고 4남매가 모두 모였지요. 물론 아버지는 유구무언有口無言입니다. 4남매는 차례대로 얼마나 힘든 어린 시절을 보냈는지, 얼마나 서럽고 고통이 컸었는지, 얼마나 아버지를 원망했는지를 쏟아냅니다. 어머니가 4남매의 말을 다 듣고 나서, 하시는 말씀은 오직 한 마디뿐입니다. "그래도 네 아버지는 나를 때리지는 않았다." 그리고 한참 후에 "나는 용서할 수 있다. 너희들도 다 용서하자."

쓴웃음을 자아내게 하는 이 이야기를 듣고, '그래도'를 세상에서 가장 행복한 섬으로 인정하지 않을 수 없었습니다.

"기대가 크면 실망도 크다."는 말이 있습니다. 사람이 살면서 위로를 받아야 할 가까운 사람으로부터 오히려 큰 상처를 입는 경우가 많다고 하지요. 가장 가까운 부모나 형제로부터 받게 되는 상처는 쉽게 아물지 않습니다. 가족이니까 용서도 필요하겠지만, 그 이전에 조금 조심해서 상처를 주는 일이 발생하지 않을 수 있다면 얼마나 좋겠습니까.

"사촌이 땅을 사면 배가 아프다."는 말의 의미를 생각하게 됩니다. 당연히 모르는 사람이 수십억의 복권에 당첨되는 일은 배가 아프지 않습니다. 더 재미있는 말도 있습니다. 로또 복권 1등에 당첨된 사람이 형제들에게 1억씩 나누어 주었는데, 오히려 원망을 듣게 되었다고 합니다. 그렇게 많은 돈을 받고 겨우 1억이냐는 것이겠지요.

일체유심조라 했습니다. 이 세상의 모든 일은 마음을 먹기에 달렸다는 말의 깊은 의미를 새삼스럽게 음미해 봅니다. 어떤 불행이 닥쳤을 때, 그것을 원망하는 것은 아무 소용이 없겠지요. 이미 엎질러진 물이라면 현명하게 대처하고, 사태가 잘 수습될 수 있었던 것으로 위안을 삼아야겠지요.

이 세상에서 가장 행복한 섬은 '그래도'가 정답입니다. 힘들거나 불행한 일을 만난다면, '그럼에도 불구하고'를 생각하거나, '천만다행'으로 여기며 위안을 얻어야겠지요. 일체유심조一切唯心造의 도움을 받을 수도 있습니다. "이 세상에서 가장 행복한 섬은 그래도이다."란 말이 명언임이 분명합니다.

아무 일도 없었던 것처럼 - 寵辱若驚
- 수필로 음미하는 생활 속의 名言 (25)

저는 살아오면서 비교적 순탄한 삶을 살아왔다고 자위自慰하곤 합니다. 물론 자위한다는 의미는 꽤 큰 어려움이 몇 차례 있었다는 의미이지요. 그 어려움을 극복하는 것은 쉽지 않은 일이었습니다. 박완서 작가가 "시련은 극복의 대상이 아니라, 견뎌야 하는 것이다."라고 했던 말 그대로였습니다. 제가 시련을 견뎌내는 데 큰 도움을 준 두 명언이 있습니다. 아니, 두 명언은 결국 같은 의미였지요.

어느덧 옛날이야기가 되었습니다. 무려 30년 전의 이야기니까요. 감당하기 어려운 시련을 맞닥뜨리고 보니, 자살하는 사람이 이해될 정도였습니다. 사람을 만나기 싫어지고 책이 눈에 들어오지 않았으며, TV의 웃고 떠드는 장면은 더 싫었습니다.

마치 강제로 퇴직을 당한 사람처럼 갈 곳이라곤 산밖에 없었습니다. 산을 한 바퀴 돌아 내려와 TV를 켜면 뉴스도 심드렁하고, 그렇게 좋아하던 야구는 응원하는 팀이 졸전을 이어가서 짜증을 보탰습니다. 그러한 때에 만난 좋은 선물은 EBS의 교양강좌였습니다. 특히 제가 살고 있는 천안 출신이어서 친근감이 있는 도올의 노자 강의는 손꼽아 기다렸다가 시청하게 되었습니다.

그렇게 만난 명언이 총욕약경寵辱若驚입니다. 마치 임금님의 사랑과도 같은 것이 총寵입니다. 감당하기 어려운 고통이 욕辱입니다. 그러니까 임금님의 사랑과 같은 영광을 누리더라도, 역경을 만나 죽을 지경이라 해도 그냥 약간 놀란 듯이 하라는 말이지요. 도인道人이 아니면 어려운 일이겠지만, 의기소침해 있던 저에게는 자리를 박차고 일어나게 한 명언입니다.

저보다 더 힘든 사람도 있다는 생각, 안정된 직장이 있고 가족 모두 건강하다는 사실이 새롭게 인지되었지요. 당시 겪고 있는 시련이 조금 작게 느껴졌고, 세월이 해결해 줄 것이라는 생각으로 마음이 한결 가벼워졌습니다. 아무 걱정이 없는 사람은 오직 죽은 사람뿐이라는 명언도 만났습니다.

첫 시련이 극복되면서, 얼마 후에 또 하나의 시련이 찾아왔습니다. 총욕약경寵辱若驚으로 치유가 어려운 상황이었지요. 이번에도 저를 구원해 준 것은 훌륭한 명언입니다. 총욕약경처럼 어려운 말도 아니고, 누구나 쉽게 할 수 있는 평범한 말이지요.

같이 근무했던 동료가 매우 애용하는 말입니다. 그는 때때로 '아무 일도 없었던 것처럼'이란 말을 애용하였지요. 뜻밖에도 이 말은 두루 유효적절하게 쓸 수 있는 말이었습니다. 화투 놀이인 고스톱을 즐기고 깨끗하게 뒷정리하자는 뜻이기도 했고, 술을 많이 마시고 길거리로 나섰을 때 똑바로 걷자는 말이기도 했습니다. 혹시 언쟁을 벌일 일이 있었으면 그 언쟁을 마무리하자는 말이 되기도 합니다.

좋은 명언은 명사名士나 철학자, 소설가가 위대한 작품을 통해서 남기게 되는 말이 아니라는 사실을 발견하게 됩니다. 그렇습니다. '아무 일도 없었던 것처럼' 그렇게 살아가야 합니다. 그러고 보니, '총욕약경'이나 '아무 일도 없었던 것처럼'이나 그 말이 그 말이지 않은가요?

슬픔을 잊는 가장 좋은 방법은
많은 일에 몰두…
- 수필로 음미하는 생활 속의 名言 (26)

저에게도 큰 시련이 있었습니다. 마치 하늘이 무너지는 듯한, 도무지 극복이 어렵게 여겨지는 상황이었습니다. 밤에는 잠을 이룰 수 없었고, 낮에도 이따금 숨을 쉬기가 어려웠습니다. 고통을 잊으려 노력해도, 문제 해결이 요원하게만 느껴졌기 때문이었지요.

그런 저를 구원해 준 것은 직장이었습니다. 이제 새삼스럽게 회고해 보는 일이지요. 만일 직장마저 잃었다면 상상하기도 싫은 상황으로 치닫는 일이 벌어지지 않았을까 싶습니다.

학교가 직장이어서 출근은 해야 했습니다. 제가 아무리 힘들어도 수업을 다른 사람에게 맡길 수는 없었습니다. 교실에 들어가기 전에는 간절한 기도를 드렸습니다. 괴로운 생각을 떨쳐 내지 못하면 수업의 집중도가 떨어질 걱정 때문이었지요. 그런 가운데 안병욱 교수님의 말씀이 떠올랐습니다.

"슬픔을 잊는 가장 좋은 방법은 많은 일에 몰두하는 것이다." 다행스럽게도 제가 맡은 과목은 단편적인 지식 전달이 아니라, 한 문제를 두세 시간에 걸쳐 풀어가야 하는 내용이었습니다. 측량 결과를 정리하여 성과표를 완성하는 과정이지요. 잠시라 도 잡념이 제 머리를 공격하면 수업의 진행이 원활하지 못했겠 지요. 그 시간이라도 괴로움을 잊을 수 있었다고 여기면 고맙 기만 합니다.

다시 이런 생각을 하게 됩니다. 제 직장이 다른 곳이었으면, 일하며 괴로운 마음을 떨쳐내기가 쉽지 않았겠지요. 만일 장사 를 하다가 잘못되었다면 직장도 함께 잃었겠지요. 제가 잘못해 서 직장을 물러났다면 재취업도 쉽지 않았겠지요. 교사로서 하 는 일은 큰 잘못이 아니면 직장을 그만두어야 하는 상황은 거 의 없었던 것도 다행입니다.

토목을 전공하고 제가 취업을 결정할 때는 건설 경기가 매우 좋았습니다. 주변 사람들이 모두 급여가 높은 건설 회사를 권 했지만, 교사의 길을 택한 저의 결단에 대해 자찬自讚도 했습니 다. 나중에 퇴직하고 연금을 받게 되었을 때, 현금 10억보다 안 정적인 연금이 좋다면서 부러워하는 친구도 있었지요. 교직을 택한 걸 후회한 적도 없고, 고맙게 생각하는 것은 많습니다.

퇴임 후, 소심한 제가 귀촌을 결행決行하는 데는 용감했습니다. 남자들이 퇴임 후에 전원생활을 꿈꾸면서도 실제로 행동으로 옮기기는 쉽지 않다고 합니다. 물론 저도 귀촌할 때는 걱정되는 일이 없었던 것은 아니었지요.

당시 떠오른 말은 "결혼은 해도 후회하고, 하지 않아도 후회한다. 그렇다면 하고 후회하는 것이 낫다."라는 것이었습니다. 결과는 만족이었지요. 시간이 남아 무료하다 보면 하지 않아도 될 걱정을 하게 되기 때문입니다. 밤나무밭이어서 일이 많지 않지만, 600여 평의 땅을 관리하려면 무료할 틈이 없습니다. 시골 생활은 잡초와의 전쟁이란 말이 있듯이, 제초 작업을 비롯한 일들이 항상 기다리고 있지요. 일에 몰두하다 보면 불필요한 잡념에서 벗어날 수 있는 것이 행복입니다. 제가 좋아하는 박완서 작가가 전원주택에서 살아가는 내용을 담은 수필이 기억납니다. "잡초를 뽑고 나면 마음이 맑아진다."라고 하셨지요.

가을에 밤이 떨어지기 시작하면 무료할 틈은커녕 혼자 감당하기가 어렵지요. 고맙게도 토지를 매도한 사람이 조생종과 중생종 그리고 만생종까지 골고루 심어 놓아서, 3개월 넘게 바쁜 생활이 이어집니다. 더구나 제가 문학 활동을 하며 가을에는 행사가 많아서 모임 약속을 잡기도 어렵습니다.

퇴직하면 무료한 생활을 걱정하는 사람이 많습니다. 따라서 은퇴 후에는 세월의 흐름 속도가 느려질 줄 알았지요. 엄청나게 큰 착각이었습니다. 오히려 현직에 있을 때보다 훨씬 빠르게 느껴지니, 그 자체가 행복이라고 여깁니다.

엊그제 퇴직한 듯하여, 근무하던 학교 부근을 지나다 보면 묘한 느낌이 듭니다. 제가 출근하지 않다 보니 학교는 방학 중인 것처럼 여겨지는 잠재의식이 있어서, 교내에 있는 학생들의 모습을 보면 이상할 수밖에 없지요. 어느덧 퇴직 12년 차인데도 말입니다. "일에 몰두하는 것이 슬픔을 잊는 가장 좋은 방법이다."라는 안 교수님 말씀을 명언으로 인정할 수밖에 없습니다.

떠날 때는 말없이…

– 수필로 음미하는 생활 속의 名言 (27)

토요일 아침, 제가 즐겨보는 프로는 KBS의 '황금연못'입니다. 시니어들의 토크쇼인데, 저와 같은 세대를 살아온 사람들의 이야기가 많은 공감을 줍니다. 특히 어린 시절의 추억담은 마치 제 이야기를 들려주는 느낌입니다.

얼마 전에는 진행자가 몇 명에게 노후의 소원을 물었습니다. 어떤 사람은 이런 말을 하였지요. 아주 가깝게 지내던 친구가 급사急死하는 바람에, 작별 인사를 나누지 못한 것이 너무 안타깝다는 심정을 토로했습니다. 자기는 죽을 날을 며칠이라도 미리 알아서, 꼭 작별 인사를 나눌 몇 사람을 만나고 떠났으면 좋겠다고 말했습니다.

그 사람의 안타까운 마음은 알겠지만, 저는 이런저런 의문이

듭니다. 설령 죽을 날이 임박한 걸 안다고 해도, 거동擧動이 가능하다 해도 영원한 작별 인사를 편하게 나눌 수 있을까요? 정을 많이 나눈 사람의 퇴직에 따른 송별연도 가슴을 서늘하게하는데, 세상을 떠나는 작별 인사는 상상이 되지 않습니다. 위중한 환자를 문병할 때는 돌아가실 날이 머지않은 걸 알면서도, 빨리 쾌차해서 자주 만나자고 인사말을 전하게 마련입니다. 그렇다면 영원한 작별 인사로 어떤 말을 할 수 있으려는지 가늠이 되지 않습니다.

저는 불행하게도 최근 5~6년 동안 소중한 인연을 많이 잃었습니다. 친가와 처가의 여러 사람, 그리고 절친切親을 셋이나 보내야 했지요. 저 역시 안타깝게도 작별 인사를 제대로 나눈 사람은 하나도 없습니다. 처가 가족도 마찬가지입니다. 장모님은 오래 병석에 계시면서 의식이 없었기 때문이었고, 동서는 건강이 좋아진 줄 알고 있었는데 갑자기 황망한 소식을 듣게 되었습니다. 그는 좋지 않은 모습을 보이기 싫다며, 누구에게도 절대 알리지 말라는 당부를 했다고 합니다.

친가에서도 안타까운 일은 두 번이나 있었습니다. 제가 어려운 가운데 4년제 대학에 편입하여 졸업한 것을 보고, 늦게 야간 대학에 진학하여 졸업한 재종 아우입니다. 두고두고 저로부터 좋은 영향을 받았다고 고마워했는데, 급환으로 황망하게 떠났습니다. 정을 나누며 살던 재당질은 하나뿐이었습니다. 영재였기도 하고 사회적으로 성공해서 자랑스럽게 여겼는데, 사고로 유명을 달리해서 더 슬펐습니다.

　퇴직하고 귀촌하면서 만나는 사람은 점차 줄었습니다. 그런 중에도 매달 만나는 친구 두 명이 있었습니다. 대전 친구는 공주와 유성에서, 천안 친구는 정안과 천안에서 만남을 이어왔는데, 불과 몇 달 사이에 모두 잃고 말았지요. 대전 친구는 전남의 어느 곳으로 요양을 떠났다고 해서 건강을 되찾아 돌아올 날을 기다리고 있었고, 천안 친구는 건강이 좋아졌다가, 갑자기 나빠지는 줄 모르고 있었습니다.
　같은 마을에서 함께 초등학교를 졸업한 친구는 남녀 모두 하나뿐입니다. 제 수필의 주인공이었던 옥님이는 중학교를 졸업하고 30년 정도 소식이 끊겼다가 만나게 되었지요. 일부러 만난 것은 한 번이었고, 초등학교 동창의 자녀 혼사에서 몇 번 더 만났습니다. 퇴직하고 여러 해가 지난 후, 만나고 싶은 마음에 전화했지요. 그런데 목소리가 모깃소리처럼 들렸습니다. 건강을 걱정할 수밖에 없었지만, 너무 오래 만나지 못해서 보고 싶다는 의견을 전했습니다. 병원에 입원 중이라고 하여 찾아가겠다는 말에, 내일 퇴원하고 조금 좋아지면 전화하겠다는 답변이 돌아왔습니다. 전화를 기다려 볼 틈도 없이 바로 부고가 날아

왔지요.

애틋함 중에서도 '영원한 이별'은 슬픔의 대명사가 아닐까요. 대형 사고에 의해 많은 사람이 돌아올 수 없는 길을 갈 때면, 아는 사람이 아니어도 모두가 함께 슬퍼합니다. 하물며 가족이나 정이 든 사람과의 영원한 이별의 아픔은 어떻게 표현할 방법이 없습니다.

더욱 상상할 수 없는 일은 참척慘慽을 당하는 일입니다. 어머니를 잃은 슬픔은 50년이 지나야 조금 덜어진다고 하는데, 자식을 잃은 슬픔은 평생을 안고 갈 수밖에 없겠지요. 많은 세월이 흐른 뒤에도 그 자식 이야기를 하다가, 말을 잇지 못하는 모습은 보는 사람마저 가슴을 울컥하게 합니다.

문득 떠오르는 말이 있습니다. 학창 시절에 학보사 일을 같이 했던 친구의 말입니다. 이 세상에 최고의 명언은 "떠날 때는 말 없이…"라고 했지요. 정이 흠뻑 든 사람을 작별 인사도 나누지 못하고, 떠나보내는 일은 더없이 슬픈 일입니다. 그런 사람과 영원한 작별 인사를 나눌 수밖에 없는 상황도 마찬가지이지요.

이런 말을 들었습니다. 죽는 사람은 죽음이 임박함을 알게 된다고 합니다. 설령 그렇더라도 말로는 서로 다시 만나자고 할 수밖에 없는 상황이 되면 얼마나 가슴이 미어질까요?

낙망은 청년의 죽음이오,
청년이 죽으면 …
- 수필로 음미하는 생활 속의 名言 (28)

　도산 안창호 선생께서 남기신 많은 명언 중에서도 제가 가장 좋아하는 말이지요. 토목을 전공하고 교직을 선택하는데 결정적으로 영향을 미치기도 했습니다. "낙망은 청년의 죽음이오, 청년이 죽으면 민족이 죽는다."는 말씀의 의미를 가슴에 새기고, 37년을 봉직할 수 있었습니다.

　신입생들의 첫 수업 시간에는 도산 선생의 이 명언을 바탕으로, 그가 어떻게 훌륭한 삶을 살았는지 설명하였습니다. 16세에 청일전쟁을 목격하며 우리 민족의 앞날을 걱정했던 이야기를 먼저 했습니다. 그렇다면 여러분은 가치 있게 살아갈 앞날을 위해, 어떻게 학교생활을 할 것인지 고뇌해 보자고 역설力說했습니다.

예전에는 실업계 고교생들이 3학년 2학기가 되면, 6개월 동안 현장실습을 나갔습니다. 제 대학 동기들은 대부분 토목과 관련이 있는 현장에 근무하고 있어서, 학생들의 실습 장소를 물색하기에 큰 도움이 되었지요. 특히 서울시청에 근무하는 친구들은 건설현장의 공사감독관인 경우가 많았습니다. 그곳으로 실습을 다녀온 학생은 의아한 눈빛으로 저에게 묻곤 하였습니다. "선생님은 공부도 잘하셨다면서, 왜 시골 학교 선생님이 되셨어요? 선생님 친구는 회사 사람들이 모두 꼼짝 못 하는 아주 높은 사람이에요."

그 친구가 직위가 높은 사람은 아니었지만, 학생들에겐 회사의 간부들이 굽실대는 모습을 보고 그렇게 느꼈겠지요. 어찌 되었든 저는 기분 좋은 일이었고, 그 이야기가 학생들에게 회자되며 저에게 존재감을 느끼게 해주었습니다.

어떤 명언이 품고 있는 깊은 의미를 알기 위해서는 그 말이 생겨난 배경을 알아야 합니다. 당시 청년들이 독립운동을 하다가 일경日警에게 쫓기는 몸이 되면 중국으로 피신했다고 합니다. 상해 임시정부의 내무총장으로 있던 도산 선생은 이 청년들을 만나 대화를 나누게 됩니다. 억울하고 분한 마음을 토로하는 청년들을 다독이며 하신 말씀의 핵심은 이렇습니다.

우리가 나라를 빼앗긴 것은 힘이 없기 때문이다. 일본을 미워하고 원망한다고 해결될 일이 아니다. 우리가 독립을 하려면 무조건 싸우자고 할 것이 아니라, 그들과 싸워서 이길 힘을 길러야 한다. 일본이 중국과 미국을 상대로 전쟁을 확대하려 하고 있으니, 우리는 때를 기다리며 힘을 기르고 좋은 기회를 대비하기로 하자.

대화를 나누는 가운데 청년들은 쉽게 이러한 말씀을 받아들이지 못했지요. 우리 민족이 당장 큰 고통을 받고 있는데, 힘을 기르며 때를 기다리자는 말이 삽삽하게 들렸겠지요. 일본과 싸워 이길 가능성이 거의 없다고 여기며, 절망감을 느끼는 청년들에게 토로한 말씀입니다.

"낙망은 청년의 죽음이오, 청년이 죽으면 우리 민족이 죽습니다. 절대로 절망하지 맙시다. 긴 장마철에 비가 끊임없이 내리는 걸 보면, 날이 갤 것처럼 여겨지지 않지요. 그렇지만 그 비는 며칠 후면 그치게 되듯이, 우리가 독립할 기회는 반드시 온다는 희망을 버리지 맙시다."

대화를 나눈 청년의 의견과 실정에 따라 독립군을 양성하는 학교에 보내거나 선진국 유학을 알선했지요. 유학을 사양하고 독립군이 되길 희망하는 청년에겐 이렇게 말씀하셨다고 합니다.

"우리가 독립할 기회가 오면 독립국을 영위하기 위해 많은 인재가 필요하다. 장관급 인재도 많이 필요하고, 대학 교수는 더 많이 필요하며, 그 외에도 엄청난 인재가 필요하다. 고국의 암담한 현실을 잊고 열심히 공부하고 있으면 머지않아 조국의 부름을 받게 될 것이다."

그렇게 유학할 나라와 떠날 일정이 결정되면, 새벽에 먼저 항구로 나와 따뜻하게 안아주며 격려하셨다고 합니다. 배가 보이지 않을 때까지 손을 흔들어 주셨다는 말씀을 최희송 박사로부터 들었습니다.

제가 살고 있는 천안에는 독립기념관이 있습니다. 전국에서 많은 사람들이 찾아오기도 하지만, 시민들에게는 가벼운 나들이 장소로 애용되고 있지요. 전시관을 돌아보며 애국심을 느끼는 것도 좋지만, 애국지사들의 어록비가 많이 세워져 있는 둘레길은 산책로로서 매우 훌륭합니다. 특히 봄에는 갖가지 꽃들이 장관을 이루기도 하지요.

오른쪽의 둘레길 초입에는 도산 선생의 말씀이 큰 돌에 새겨

져 있지요. 제가 이 산책로를 즐겨 찾는 이유이기도 합니다. 길이 한산할 때면 그 앞에 서서 크게 소리를 내어 읽어 봅니다. 도산 사상을 공부하며 흥사단 활동을 하던 학창시절을 그리워하게 되고, 37년의 교사 시절을 떠올리게 되지요. 그러고 보면 제가 지금까지 살아온 대부분은 도산의 말씀과 함께한 셈이 아닐까 싶습니다.

儉而不陋 華而不侈
- 수필로 음미하는 생활 속의 名言 (29)

검이불루 화이불치의 여덟 글자는 백제 정신의 알맹이입니다. 그야말로 백제 정신의 정수精髓를 설명하는데, 더할 것도 없고 뺄 것도 없는 멋진 표현이지요. 언제였는지 기억이 없지만, 이 말을 예전에 들어본 듯합니다. 10년 전에 백제의 고도인 공주로 귀촌하면서 몇 차례 더 듣게 되었습니다. 들을수록 탄복하게 되는 멋진 말이지요.

'수필로 음미하는 생활 속 명언'을 묶은 수필집을 준비하면서, 무언가 빠진 느낌이 있었습니다. 그런 가운데 불현듯이 이 명언을 떠올리고 쾌재를 불렀지요. 이 말은 제가 살아오면서 제 삶의 지표처럼 여겨온 말이기도 합니다. 글을 시작하고 인터넷을 검색하여, 자세한 설명을 읽고, 이 말이 더 아름답게 여겨졌습니다.

　백제 정신을 상징하는, 삼국사기에 나오는 말입니다. 그대로 직역하면 "검소하나 누추하지 않고, 화려하나 사치하지 않다."는 의미이지요. 온조왕의 궁궐을 다음과 같이 평가하였습니다.

　"15년 봄에 궁궐을 새로 지었는데, 검소하나 누추하지 않고, 화려하나 사치하지 않았다."

　백제 건축에 대한 위 기사를 인용하며, 정도전은 조선경국전에서 이렇게 설명하였습니다. 궁원宮苑이 사치하면 반드시 백성을 힘들게 하고 재물을 잃는다. 너무 누추하면 조정의 존엄을 보일 수 없다. 검소하나 누추하지 않고, 화려하나 사치하지 않은 것, 이것이 아름다움이다. 검소한 것은 덕德이고 사치스러운 것은 악惡 중에서도 큰 악이다. 사치스러운 것보다 검소한 것이 낫다.

　이 수필집에는 제 가정경제에 관한 글이 여러 편 있습니다. 한마디로 정리하면 이렇지요. 빈농의 아들로 태어났을 뿐만 아니라 아버지께서 일찍 돌아가시는 바람에 고생을 많이 했습니다. 철저한 근검절약의 정신으로 살아올 수밖에 없었지요. 그래도 평생 학교 교사로 근무하면서, 소풍날을 제외하고는 정장

차림으로 출근하려고 최대한 노력했습니다. 농업고등학교에서 20년 동안 전문교과 교사로 근무할 때, 인문 교과 교사인 줄 알았다는 말도 많이 들었습니다. 그렇다면 누추해 보이지는 않았겠지요.

아주 어려웠던 시기에는 인색한 모습을 보이지 않았을까 걱정됩니다. 굳이 변명하자면 20년 동안 지역의 환경운동연합 운영위원으로 참여하며, 제 분에 넘치는 지출도 했습니다. 하나만 더 말씀드립니다. 예전에는 직장 생활을 하며 연말정산 때, 가짜 영수증으로 절세하는 경우가 있었지요. 이러저러한 이유로 저는 제 또래의 동료보다 훨씬 많은 세금을 냈다는 것이 제 자랑입니다.

수필의 길이가 짧아지는 추세라고 합니다. 예전에는 200자 원고지로 15매 정도가 적당하다는 것이 정설이었지요. 바쁜 현대인들이 긴 글을 읽지 않게 되면서, 소설의 위기를 말하는 사람도 있습니다. 따라서 저에게 수필을 더 짧게 써 보라는 권유를 많이 받았습니다. 노력해 보려는 마음을 갖기도 했지만, 오랜 기간 몸에 밴 탓인지 쉽지 않았지요. 이 수필은 검이불루 화이불치, 여덟 글자로 백제 정신을 충분히 표현했다는 말로 시작했지요. 따라서 이 글이라도 짧게 마무리를 해 보렵니다.

君君臣臣, 父父子子
– 수필로 음미하는 생활 속의 名言 (30)

참으로 힘들었던 최전방에서의 병영생활이었지요. 물론 지금과는 비교도 되지 않지만, 형편이 더 열악했던 제 선배들보다도 훨씬 고생했습니다. 이건 제 판단이 아니고, 군대 생활을 아주 오래 한 우리 중대 김 상사의 말씀이었습니다. 남들 다 가는 군대인데, 뭐가 그렇게 힘이 들었는지 궁금하시겠지요.

그 말씀은 드리지 않겠습니다. 왜냐하면 그 많은 이야기를 어떻게 다 한 편의 수필에 담을 수 있겠습니까? 다만 간단하게 말씀드리면, 월남이 패망하던 해 3월에 입대했습니다. 김일성이 중국과 당시 소련을 다녀오면서, 10월 남침설과 함께 9월까지 그에 대한 대비를 마치도록 특명이 내려왔습니다. 심하면 새벽 네 시에 기상하여 밤 11시에 취침한 날도 있었습니다. 그

끔찍했던 생활 속에서도 숨 돌릴 틈은 있고, 웃으며 추억할 수 있는 일도 있었지요. 오늘은 먼저 군대 시절의 제 별명과 관련한 말씀을 드립니다.

논산 육군훈련소의 훈련병 시절을 마치고, 15사단 신병 교육대를 거쳐 막 부대 배치를 받은 직후의 일입니다. 논산에서 교육을 받을 때, 교관들은 지금이 가장 행복한 순간인 줄 알라고 했습니다. 왜냐하면 지금은 똑같은 신분이어서 내 할 일만 잘하면 되지만, 부대 배치를 받으면 층층시하의 선임들을 모시기가 매우 힘들다는 것이었지요. 맞는 말이었습니다. 식기 당번을 면하기 전까지 6개월 정도는 정말 숨 돌릴 틈도 없이 보내야 했습니다.

제가 부대 배치를 받고 보니, 소대에는 일등병도 거의 없고 대부분 상병이었습니다. 일석점호 때의 일입니다. 아침점호는 인원 점검 후에 군가를 부르고 체조를 하는 것으로 시간을 보내 부담이 없습니다. 그 깊은 산골짜기에 쩌렁쩌렁 울려 퍼지던 군가 소리는 지금도 귓가를 울립니다.

정말로 긴장해야 하는 것은 취침 전의 일석점호입니다. 그 시간에 개인화기의 관리 상태를 비롯한 각종 장비 점검은 물론 위생검열까지 받아야 합니다. 침상 3선에 정렬해서 명령에 따라 점검받을 장비를 침상 끝선에 정렬하고, 당직사관이 살펴보는 순간에 크게 관등성명을 복창해야 합니다.

제 우측에는 상병만 나란히 세 명이 있었지요. 당연히 '옛, 상병 아무개'라는 외침이 따발총 소리처럼 연달아 터져 나왔습니다. 당직사관이 제 앞을 지날 때, 이등병인 저는 자신도 모르게 '옛, 상병 김세관'이라고 외치고 말았습니다. 당직사관은 그냥 지나쳤지만, 점호가 끝난 후에 선임들이 혼을 내는 대신에 다음엔 대위라고 하라면서 명령 아닌 명령을 내리더군요.

그 며칠 후에 중대 오락회가 열렸습니다. 당연히 신병인 저는 노래 솜씨를 신고해야 했지요. 군대에서는 노래를 시작하기 전에 "충성! 제1소대 이병 김세관 노래 일발 장진!" 하고 외치고, 관중이 일제히 "발사!"라고 외치면 노래를 시작합니다.

며칠 전에 다음엔 대위라고 하라는 명령을 기억해 내고, "충성! 제1소대 대위 김세관 노래 일발 장진!" 하고 외쳤습니다. 우리 소대원들의 환호성이 터졌고 다른 사람들은 영문을 몰라서 의아한 표정이었지요.

당시 중대장은 같은 대전 출신인 데다 같은 캠퍼스의 학교를 졸업한 분이었지요. 고맙게도 저를 만날 때마다 따뜻한 시선을 보내며, 농담으로 말을 걸곤 하였습니다. "충성! 제1소대 대위 김세관 노래 일발 장진!"이 있고, 바로 다음 날에는 "야, 김세관! 같은 대위인데, 맞먹자."는 말까지 하였지요. 그리고 언제 승진하느냐며, 나보다 먼저 승진하면 안 된다는 말도 했습니다.

그 다음의 일입니다. 소대 오락회가 열리게 되었을 때, 내무반장이 지난 일을 떠올리고, "오늘은 대령이라고 해라!"라고 명령이 아닌 명령을 내렸습니다. 그를 계기로 제 별명은 김 대령이 되었습니다.

중대장님께서는 교육 활동을 통해 군인정신을 매우 강조하셨습니다. 논어 안연편에 나오는 "君君臣臣 父父子子"를 인용하며, 군인은 군인다워야 한다며 군군軍軍을 말씀하셨지요. 대대 관측소(OP) 벙커를 구축하기 위해 20Kg의 시멘트 포대를 메고, 두 시간 거리의 산 정상에 오를 때의 일입니다. 신병들이 힘들어하자, 적군을 공격하는 군인 정신으로 힘을 내자며 격려하기도 했습니다.

전역을 하고 20년 세월이 흐른 1996년 가을의 어느 날이었습니다. 강릉 지역 일대에 26명의 대규모 무장공비가 침투하여 뒤숭숭하던 때였지요. 무려 49일 동안이나 공비 토벌 작전에 43,000여 명의 병력을 동원하며 큰 희생이 뒤따랐던 끔찍한 사건이었습니다.

대규모 전투가 이어지던 어느 날 새벽입니다. 조간신문을 집어 들고 거실에 들어섰는데, 엄청난 활자 크기의 1면 헤드라인과 함께 낯익은 큰 사진이 실려 있어서 깜짝 놀랐지요. 아니, 둔기로 뒤통수를 강하게 얻어맞은 듯했습니다. 바로 제가 중대장으로 모셨던 오영안 대령의 순직 소식이었습니다.

이른바 연화동 전투에서 국군 복장으로 위장한 공비들에게 속아서, 작전에 실패한 소식이 작전 본부에 보고됩니다. 이 소식을 들은 오 대령은 "내 명령이 현장으로 전달되는데, 시간이 걸리다 보면 늦는다. 내가 직접 가겠다."라며 말리는 부하들을 뒤로하고 총격전 현장으로 달려갑니다. 그렇게 오 대령을 비롯한 대위와 상병 등 세 명은 장렬한 순직을 하게 되지요. 자세한 내용은 어느 방송의 '이제 만나러 갑니다'라는 프로에서 자세하게 소개되기도 했습니다.

이후 생포된 이광수의 자백에 의해, 침투한 공비들은 김영삼 대통령의 암살 임무를 부여받았다고 알려졌습니다. 1968년, 이른바 김신조 사건으로 알려진 청와대 습격 사건으로 우리 국민들을 깜짝 놀라게 한 적도 있습니다. 1983년 10월, 전두환 대통령을 살해하기 위한 아웅산 폭파 사건은 우리 정부의 많은 요인들이 희생된 엄청난 사건이었지요. 강릉 공비 침투 사건은 대통령을 살해하기 위한 세 번째 도발인 셈인데, 이렇게 계속된 북한의 야만적인 행동은 도무지 이해 불가입니다.

군군신신 부부자자를 다시 생각하며, 그 내용을 해석한 원문을 인용합니다. 제경공의 질문에 대해 공자님께서 답변한 내용입니다.

"임금은 임금 노릇을 하며, 신하는 신하 노릇을 하는 것입니다. 아버지는 아버지 노릇을 하며, 자식은 자식 노릇을 하는 것입니다." 제경공이 말을 받았습니다. "훌륭한 말씀입니다. 만일 임금이 임금 노릇을 못 하며, 신하가 신하 노릇을 못 하고, 아버지가 아버지 노릇을 못 하며, 자식이 자식 노릇을 못 한다면, 비록 곡식이 있다고 한들 우리들이 그것을 먹을 수 있겠습니까?"

지위가 높은 사람의 임무만 중요한 것이 아니라는 말도 있습니다. 누구나 조직의 구성원으로서 책무가 모두 중요함을 새삼스럽게 깨닫게 됩니다. 그런 생각을 갖게 한 "君君臣臣 父父子子"가 좋은 명언임이 틀림없겠지요?

넷째 마당

여행은 목적지보다 누구와 가느냐가 …

良家의 閨秀가 전학을 왔어요
– 수필로 음미하는 생활 속의 名言 (31)

수필로 읽는 야구 이야기, 『내일도 홈런』을 출간하고, 야구 수필 몇 편을 더 썼습니다. 그러나 제가 응원하는 한화이글스의 끝없는 추락에 중단하고 말았지요. 모처럼 만나는 사람이면 저에게 야구와 관련한 질문을 던지곤 합니다. 야구에 대해 이런저런 이야기를 하다 보면 흥분하곤 했었지만, 이제 별로 반갑지 않게 되었습니다. 자주 문자를 주고받는 어떤 문우는 한화이글스 경기를 보다가 받은 스트레스를 류현진 선수가 깨끗하게 날려준다고 했습니다. 저도 그렇지요.

야구 이야기를 하며 혼자 흥분하지 않고, 목이 아프지 않아도 좋은 방법을 알아냈습니다. 야구 퀴즈를 내는 것이지요. 중요한 것은 난이도 조절입니다. '상중하'로 구분하지 않고, '매우 쉬움, 쉬움, 보통, 어려움, 매우 어려움' 이렇게 5단계로 구분합니다. 오늘은 쉬운 문제부터 차례로 소개합니다.

물론 야구에 관한 질문을 받아줄 사람이라면 야구에 꽤 관심이 있는 경우이지요. 제 야구 수필집에 소개된 글 중에서는 '야맹의 등급 매기기'가 가장 재미있었다는 말을 들었습니다. 컴퓨터에 대해서 전혀 모르는 사람을 컴맹이라고 하듯이, 야구에 어두운 사람을 야맹이라고 말을 만들었지요. "야구에서 공을 던지는 사람과 방망이로 치는 사람이 같은 편인 줄 아는 사람도 있다."라는 말에 폭소가 터진 일이 있어서 쓰게 된 수필이었습니다. 여기에서는 야구를 즐기는 야구팬을 대상으로 한 퀴즈 문제입니다.

1) 삼진을 많이 잡는 투수를 왜 '닥터K'라 부르는가?
2) 미국 메이저 리그에서 투수가 타석에 나오기도 하고, 그렇지 않기도 하는데 왜 그런가?
3) 한 이닝에서 삼진은 몇 개까지 나올 수 있는가?
4) 평균 자책점에서, 에러에 의한 실점인데도 자책점이 되는 경우는?
5) 정규이닝을 채우지 못하는 경우, 콜드게임과 서스펜디드 게임은?

문제를 드렸으니, 모르는 분을 위한 설명입니다.

1) 답은 매우 간단합니다. '야구는 기록의 경기'라고 하듯이, 경기 내용은 투수가 던지는 공 하나하나까지 모두 구체적으로 기록됩니다. 투수가 삼진을 잡으면 기록지에는 'K'로 올라가지요. 홈팀을 응원하는 열성팬 중에는 자기네 팀 투수가 삼진을 잡을 때마다 도화지에 크게 쓴 K를 나란히 내걸곤 하는 이유이기도 합니다.

2) 미국 메이저 리그에는 아메리칸 리그와 내셔널 리그가 있습니다. 각각 15개 팀씩 모두 30개 팀이 있지요. 박찬호 선수와 류현진 선수 때문에 우리는 대부분 LA다저스를 응원하고 있는데, 다저스가 속한 내셔널 리그는 아메리칸 리그와는 달리 지명타자제도를 택하고 있지 않습니다. 따라서 내셔널 리그 팀끼리의 경기는 투수도 타석에 들어서게 되지요. 문제는 인터 리그라고 해서 다른 리그의 팀과 경기를 갖는 경우입니다. 이 경우 방문 경기는 지명타자제도가 적용됩니다.

참고로 LA다저스는 인터 리그 20경기를 포함하여 162경기를 갖는데, 경기내용은 이렇습니다. 같은 서부지구 4개 팀과는 19경기씩 76경기, 중부지구와 서부지구 10개 팀과는 6~7경기씩 66경기를 갖습니다.

3) 질문을 던지면 쉽게 응답합니다. 그거야 3개 아닙니까? 저는 보충 설명을 합니다. 한 이닝이라 함은 공격과 수비를 합친 한 회를 말한다고요. 그러면 6개라는 답이 나오더군요. 정확한 답이 나오려면, '스트라이크아웃 낫아웃'도 삼진으로 기록되는 것을 알아야겠지요. 그런 일이야 없겠지만, '스트라이크아웃 낫아웃'이 계속 나오면 그만큼 삼진도 같이 늘어나게 됩니다.

4) 전문가들도 혼동할 정도로 계산이 복잡합니다. 대원칙은 에러가 발생하지 않은 경우를 생각합니다. 에러가 없었다면 이미 수비가 끝났을 텐데, 에러로 인해 상대방의 공격이 계속되었을 경우이지요. 에러에 의한 직접적 실점뿐만 아니라, 이후에 수비가 지속되면서 안타를 맞고 실점해도 자책점으로 기록되지 않습니다.

에러로 점수를 주었음에도 자책점으로 기록되는 경우를 묻는 문제였지요. 답은 투수가 에러를 범한 경우입니다. 사실 에러의 경우도 애매한 경우는 많습니다. 투수가 잡은 공을 홈으로 쇄도하는 주자를 잡으려 던졌는데, 같은 에러라 해도 던진 투수에게 줄 수도 있고 잡지 못한 포수에게 줄 수도 있다는 점이지요.

여기에서 재미있는 이야기가 떠오릅니다. 내야수가 에러를

한 경우도 기록원이 안타로 기록할 수도 있다는 점입니다. 어느 잡지에서 읽은 내용이지요. 명문대를 나오고 대기업에 취직한 청년이 있었습니다. 그는 야구를 너무 좋아해서 야구를 실컷 즐기기 위해 '야구 기록원'으로 취직했습니다. 문제는 애매한 타구의 경우, 안타로 기록하면 피안타율이 높아지는 투수의 항의를 받아야 하고, 에러로 기록하면 타자와 수비수의 강력한 항의를 받게 된다는 점입니다. 그의 기록에 따라서 덕을 보는 사람도 분명 존재하게 마련이지만, 단 한 번도 고맙다는 인사는 받은 일이 없고 오직 항의만 있었다고 합니다. 야구 기록원도 심판처럼 어려운 직업입니다.

이런 일도 있었습니다. 류현진 선수는 보스턴 레드삭스와의 원정 경기에서 2자책점을 기록했습니다. 유격수가 공을 잡고 글러브 속에서 바로 빼내지 못해 에러로 판단되는데, 안타로 기록되면서 일어난 일이었지요. 구단 측에서는 사무국에 수정을 요구했지만, 많은 기간이 지나도 답변이 없어서 실망이 컸지요. 그런데 무려 18일이 지난 후에야 수정이 이루어져서, 평균자책점은 1.66에서 1.53으로 내려갔었습니다.

5) 상당히 난도難度가 높은 문제입니다. 서스펜디드게임은 3~4년에 한 번 정도 나오곤 했었는데, 경기장의 배수 시설이

좋아지면서 최근 여러 해 동안에는 볼 수 없을 정도로 희귀한 기록이 되었습니다. 따라서 제 주변의 야구팬들에게 이 질문을 던졌을 때, 바른 답을 하는 사람은 한 명도 만나지 못했습니다. 매주 주말이면 사회인야구를 즐기고 있는 조카도 모르고 있을 정도였지요.

콜드게임은 더러 나오니 아실 터이고, 서스펜디드게임의 경우를 말씀드립니다. 물론 뒤지고 있는 팀의 공격이 5회를 채우지 못하면 노게임이 됩니다. 즉 선공 팀이 뒤지고 있으면서 5회 초 공격이 끝나면, 콜드게임이 될 수도 있습니다. 문제는 6회 이후에 강우나 조명 능의 불가피한 사정으로 게임을 지속할 수 없을 경우입니다.

게임이 중단된 이닝에서 선공 팀이 결승점을 내고, 홈 팀의 공격이 끝나지 않은 상황이지요. 예를 들어서 말씀드리면, 7회에 서스펜디드게임이 선언될 경우 그 이전에 결승점이 나왔으면 상관이 없는데, 7회 초에 결승점이 나온 경우입니다. 물론 노게임도 아니지요. 방문 팀이 결승점을 낸 이닝에서 홈 팀의 공격이 남았으면, 서스펜디드게임이 됩니다. 이 경기는 다음 경기에 앞서, 중단 당시와 똑같은 상황을 설정하고 진행합니다.

수필 '야맹의 등급 매기기'를 송고할 때는 마음이 편하지 않았습니다. 야구를 좀 아는 것이 벼슬도 아닌데, 야구에 어두운 사람을 비하하는 것처럼 느낄 수 있기 때문입니다. 여기에서의 퀴즈 문제는 '수우미양가'의 5등급입니다. 수우미는 수우미秀優美이고, 양은 양良이며 가는 가可이기에 그럴 걱정이 전혀 없어서 참 좋습니다.

현직에 있을 때, 어떤 동료가 이러한 재미있는 말을 한 적이 있었습니다. 전입생의 서류를 살피면서 "우리 반에 양가의 규수가 전학을 왔어요."라고 해서 의아했지요, 알고 보니 교과 성적이 '미' 하나도 섞이지 않고, '양가 양가'로 이어져 있었습니다. 학습 능력이 부진해도 예체능 교과는 실기 성적 위주로 평가하다 보면 적어도 '미' 정도의 성적을 받을 수 있기에, 그런 교과 성적이 나오기 어려울 일이었습니다. 그런 전입생을 배정받고 농담을 할 수 있었던 동료의 여유가 다시 웃음을 머금게 합니다.

우연은 필연을 낳는다
– 수필로 음미하는 생활 속의 名言 (32)

사람이 살아가면서 알 수 없는 것이 인연이지요. 사람끼리의 인연도 그러하지만, 삶의 보금자리로 삼게 되는 지역과의 인연도 마찬가지입니다. 제가 세종특별자치시 시민이 된 것은 전혀 예상치 않았던 우연이었습니다. 37년간 봉직하던 교직에서 은퇴하고 재취업과 함께 인연이 되었습니다. 그 재취업이 참으로 갑작스럽게 이루어진 우연이었지요.

불교에서는 길을 가다가 옷깃만 스쳐도 전생에 3천 겁의 인연이 있었다고 합니다. 제2막의 인생을 시작했던 세종은 저와 어떤 인연이 있었던 것일까요? 비록 2년밖에 머물지 않았지만, 심신이 매우 편안했기에 그 인연이 고맙기만 합니다. 마치 고향에 돌아온 느낌이기도 했고, 한 번 살아보고픈 곳이었지요.

어린 시절, 저의 집 앞에는 너른 복숭아밭이 있었습니다. 고향이란 단어는 저에게 그 꽃대궐의 복숭아밭을 먼저 떠올리게 하지요. 대전에서 천안으로 몇 개월 동안 통근한 적이 있습니다. 열차를 타고 조치원 부근을 지나며 바라보던 복사꽃 만발한 아름다운 풍경은 바로 고향이었습니다.

제가 존경하는 선배의 애창곡이 '외나무다리'입니다. '복사꽃 능금꽃이 피는 내 고향'으로 시작하는 노래이지요. 이 노래를 들을 때면 어린 시절을 떠올리며 감상에 흠뻑 젖곤 합니다. 또한, 은퇴 후 전원생활을 꿈꾸게 되면서 이 노래는 저에게도 애창곡이 되었습니다. 비록 전원생활은 미뤄졌지만, 복사꽃의 고장에 살게 되었으니 그 꿈이 실현된 셈입니다.

들을 때마다 저의 심금을 울리는 노래가 있습니다. 애창곡으로 삼고 싶지만, 고음 처리가 어려워서 듣는 것으로 만족해야 하는 '봄날은 간다'입니다. 이 노래를 장사익 소리꾼이 애절한 목소리로 열창할 때면 가슴이 터질 듯합니다. KBS가 광부와 간호사를 독일에 파견한 50주년을 기념하여 '가요무대'를 특집으로 꾸민 적이 있지요. 당시에 이 노래가 온통 눈물바다를 이루게 해서, 저도 방송을 보며 함께 많은 눈물을 흘려야 했습니다.

　"연분홍 치마가 봄바람에 휘날리더라/ 오늘도 옷고름 씹어 가며/ 중략 / 꽃이 피면 같이 웃고 꽃이 지면 같이 울던/ 중략 / 열아홉 시절은 황혼 속에 슬퍼지더라/ 오늘도 앙가슴 두드리며/ 중략 / 얄궂은 그 노래에 봄날은 간다"

　유명 시인 100명을 대상으로 좋아하는 노랫말을 조사했다고 합니다. 그 결과 단연 1위를 차지한 것이 이 노래이지요. '연분홍'으로 시작하기 때문에 세종시의 대표적인 특산물인 복숭아를 연상케 합니다. 따라서 저에게는 '외나무다리'와 함께 세종시를 상징하는 노래로 각인되어 있습니다.

　생각해 보니 저에게 세종과의 인연은 또 있습니다. 학창 시절에 흥사단 활동을 열심히 했지요. 해마다 여름방학이면 성남고등학교에서 수련회가 열렸습니다. 설립자이신 안기석 교장 선생님의 특별한 배려 덕분이지요. 어느 해는 우리 반의 반가班歌가 '서울의 찬가'에 가사만 조금 바꾼 것이었습니다. 3박 4일간 틈이 나는 대로 "…… 아름다운 종촌에서, 종촌에서 살렵니다"라고 노래했었습니다.

홍사단에서 처음으로 시행했던 '국토순례 대행군'을 마치고 대전으로 돌아오던 때의 일입니다. 당시는 기차가 조치원역에 꽤 오래 정차했는데, 어떤 일로 기차에 올랐던 김 선배가 다짜고짜 저를 끌고 내렸지요. 역 바로 앞의 선배 댁에서 하루 쉬었다 가라는 따뜻한 정표였습니다. 4박 5일의 행군 끝에 저는 아주 꾀죄죄한 모습이었지요. 대가족과 함께 저녁을 먹으며 너무나 부끄러웠던 기억이 납니다. 더구나 예쁜 누나도 있었으니 말입니다. 다음날엔 정 선배의 복숭아밭에 가서 아주 맛있는 백도를 포식하고, 들고 오기 어려울 만큼 묵직한 복숭아를 선물로 받았습니다. 생각해 보면 고맙기 이를 데 없는 일이지요. 그냥 단순한 후배일 따름인데, 그렇게 다정하게 대해 주신 두 선배를 생각하면 지금도 가슴이 따뜻해집니다.

저는 이렇게 세종특별자치시에 살았던 아름다운 추억을 반추하면서 "우연은 필연을 낳는다."라는 말이 떠오릅니다. 세종에 살게 된 것은 실로 우연이었지만, 그 우연을 필연으로 여길 수 있을 정도로 즐겁게 회억합니다.

말 많은 집은 장맛도 쓰다
– 수필로 음미하는 생활 속의 名言 (33)

"말 많은 집은 장맛도 쓰다."는 속담이 있습니다. 저는 수필을 쓰며, 명언을 많이 인용했지요. 그러다가 새로 '수필로 음미하는 생활 속 명언'의 연작 수필을 쓰게 되었고, 드디어 네 번째 개인 작품집으로 묶게 되었습니다.

저는 말이 많은 사람을 싫어합니다. 특히 여러 명이 모였을 때, 자기 자랑을 하느라 남이 말할 틈도 주지 않는 사람은 더 싫습니다. 심하면 다른 사람의 말을 끊으며, 말할 기회마저 뺏기도 하지요. 저는 그런 사람이 되지 않으려고 노력해 왔습니다. 수필을 쓰면서도 그런 점을 경계하지만, 저도 모르게 자랑하는 내용으로 변질된 적도 있겠지요.

억지라고 여겨질 수 있겠지만, 그래도 말로 자랑하는 것보다

글로 쓰는 것은 덜 흉이 되지 않을까요? 읽으시다 거북하면 읽기를 중단할 수 있을 터이니 말입니다.

"말 많은 집은 장맛도 쓰다."라는 말은 두 가지 뜻을 담고 있습니다. 집안에 말이 많으면 될 일도 잘 풀리지 않는다는 의미도 있고, 말이 많은 사람은 실속이 없다는 뜻을 담고 있습니다. 비슷한 속담도 많습니다. "말로 떡을 하면 동네 사람이 다 먹어도 남는다." "듣기 좋은 노래도 한두 번이다." "말이 많으면 배가 산으로 간다." 등이 있지요.

이러저러한 이유로 수필을 쓰기 시작하고 35년 만에 첫 수필집을 냈습니다. 1년에 열 편 정도는 꾸준하게 썼으니, 350편 정도의 작품 중에서 한 권 분량의 60편을 고르는 것은 쉽지 않았습니다. 미우나 고우나 제 새끼들이기 때문이었지요. 환갑을 기념하는 책이어서 60편을 싣고 싶었습니다.

두 번째 수필집인 야구 수필집 『내일도 홈런』은 그런 고생을 면할 수 있었고, 40편으로 부피도 줄였지요. 세 번째 수필집 『山村의 소확행』은 40편을 준비했다가, 억지로 40편을 채운 느낌이 들지 않도록 한 편을 빼고 39편을 실었습니다. 평소 존경하는 문단의 한 선배께서는 고맙게도 작품을 꼼꼼하게 읽으시고 전화를 주셨습니다. 이런저런 말씀을 마치시며 "작품이 서른아홉 편이던데, 그 이유가 있는가요?"라고 물었던 일을 특별하게 기억합니다.

이제 네 번째 수필집을 엮으면서 갖게 된 생각입니다. 요즈음 각종 출판물이 홍수를 이루고 있습니다. 그중에서도 문단의 선배들이나 친분이 있는 문우들의 저서를 선물 받으면 다 읽어야 한다는 부담감이 있지요. 제 수필집도 그러하리라는 생각을 하지 않을 수 없습니다.

다른 한편으로 걱정되는 일은 비슷한 이야기가 반복되기도 했다는 점이지요. 제가 말이 많은 사람이 아니라고 생각하면서도, 그걸 글쓰기로 대신하는 어리석음을 저지르는 것은 아닌지 모르겠습니다. 따라서 이번에는 더 줄이려고 35편을 준비했습니다. 예전에는 그래도 책이 너무 가볍게 보이지 않게 하려고 200쪽은 넘어야 한다는 마음이었는데, 이번에는 200쪽은 넘기지 않았으면 합니다.

이 글을 발표하는 것을 계기로 제가 더 언행을 조심할 수 있었으면 합니다. 더구나 적지 않은 나이에 말이 많으면 '꼰대'라고 부른다고 했으니 더욱 그렇습니다.

여행은 목적지보다 누구와 가느냐가 더 중요하다

- 수필로 음미하는 생활 속의 名言 (34)

이제 쉽게 갈 수 있는 곳이 되었습니다. 무려 55년 전, 저의 학창 시절에 수학여행으로 제주도를 다녀오기는 매우 어려웠습니다. 그것도 고교 3학년 때 다녀온 사람은 거의 없겠지요. 진학 지도가 더 중요하기 때문입니다. 저는 대학입시 부담이 없는 5년제 고등전문학교를 다녔기에 가능한 일이었습니다. 모두 가난하던 시절이어서 그 학제는 중도 탈락률이 너무 높아, 바로 2년제 전문대학으로 개편되었습니다.

지금 생각하면 이해할 수 없는 일이 있지요. 가정형편으로 수학여행에 불참한 학생이 50%에 육박했습니다. 어린 마음에도 그런 학생들의 마음을 헤아리지 못하는 듯해서 매우 야속했습니다. 저도 부모님이 보내준다고 하셨지만, 어려운 형편을 잘 알기에 포기한 참이었지요.

　의기소침한 가운데 수학여행을 출발하는 날입니다. 당시에는 밤 11시에 대전역에서 모여 목포행 완행열차를 타고 출발했습니다. 유행가 가사에도 나오는 그 야간열차이지요. 오전 수업을 마치자, 여행 준비를 하라며 종례했지요. 하교하려고 교실을 나섰는데, 실험실 담당 선생님께서 찾으신다는 전갈이 왔습니다. 어떻게 알게 되셨는지 여행비를 대납했다면서, 부모님께 용돈을 조금만 받아서 다녀오라는 말씀이었습니다. 평소에도 실험실 관리를 도와드리거나, 개인 심부름을 명분으로 용돈을 받은 적이 있었습니다. 늦은 밤에 내전역으로 나갔디니, 수행 여행에 불참하는 것으로 알고 있던 친구들은 깜짝 놀라며 기뻐하던 기억도 생생합니다.

　선생님께 폐를 끼친 점은 마음에 걸렸지만, 아쉽게 포기했던 여행을 떠나게 되자 설렘이 파도처럼 밀려왔습니다. 제주도는 다녀오기 어려운 시절이었고, 가지 못하는 것으로 알았다가 갑자기 가게 되어 꿈만 같았습니다. 문득 중학교 1학년 때, 수학 선생님의 말씀이 떠올랐습니다.

　여름방학이 끝나고 개학하던 날입니다. 선생님께서는 제주도에 다녀오셨다면서, 한 시간 동안 제주도 이야기를 하셨습니다. 그것도 저희 학급에서만 들려준다면서, 제주도는 신비의 섬이라고 운을 떼셨지요. "제주에서 동해안을 따라 반 바퀴를 돌면 서귀포西歸浦가 나오지요. 그러면 서쪽으로 돌면 동귀포가 나와야 하는데, 역시 서귀포가 나오니 참 신비하지 않나요?" 돌아올 귀歸가 들어간 지명에 착안한 말씀이었습니다. 그 신비의 섬을 찾아가는 설렘이 크기만 했습니다.

당시는 목포에서 11시간이 걸린다고 했는데, 심한 풍랑으로 더 많이 걸렸지요. 차멀미하지 않으면 배멀미도 않을 것으로 생각한 것은 엄청난 착각이었습니다. 지금처럼 큰 배가 아니기도 했고, 풍랑 탓으로 멀미가 매우 심해서 고생이 엄청났습니다. 무엇보다 기억이 남는 일이 있지요. 망망대해를 항해하며 멀미에 시달리다 섬이 보이자, 이제 살았다고 환호성을 질렀습니다. 그런데 섬이 가까이 보이고도 하선下船까지는 두 시간 정도나 더 걸려야 했습니다. 그 두 시간은 너무나 길게 느껴지기만 했지요. 돌아올 때는 부산을 경유했는데, 13시간이 걸린다고 해서 준비를 단단히 했습니다. 배꼽에는 파스를 붙이고, 멀미약과 수면제를 함께 먹었지요. 덕분에 푹 자고 일어났더니 부산이었습니다.

제주도는 거리 풍경부터 육지에서는 생각지 못하는 문물을 접하게 되어 신비의 섬이 되기에 충분했습니다. 제주에서 서귀포까지 가운데를 종단하는 당시의 5·16도로는 원시림을 방불케 했지요. 작은 섬으로 알았는데 버스로 무려 90분이 걸리는 것도 큰 놀라움이었습니다. 당시 방문했던 성읍 민속마을은 작은 가게 하나도 없었고, 산굼부리는 인공물이 전혀 없는 자연 그대로의 모습이었습니다. 그 일대에 엄청난 종류의 식생대植生帶가 형성된 것도 신비했습니다. 가까이 보이는 한라산에는 고도에 따라 아열대성 식물, 온대성 식물, 한대성 식물이 다양하게 분포되어 있다는 말씀도 기억에 남아 있습니다.

이번 문학기행은 저에게 추억여행追憶旅行이 되었지요. 평생 학교에 근무하며 수학여행 인솔자로 여러 차례 다녀올 수 있었습니다. 학생을 인솔하는 일은 부담이 커서, 학창 시절의 추억을 반추할 여유가 없었지요. 퇴직하고 한번 다녀오고 싶었는데, 계속 미루던 참이었습니다.

"여행은 목적지보다 누구와 가느냐가 더 중요하다."라고 합니다. 신혼여행을 밀월여행蜜月旅行이라고 하는 것처럼, 누구나 공감할 수 있는 명료한 명언입니다. 저는 좋은 작품을 쓰지 못하지만, 문우들과 어울리는 재미로 문학 활동을 해 왔지요. 문우들을 사랑하는 마음은 누구보다도 크다고 자부합니다. 따라서 문우들과의 문학기행은 그야말로 밀월여행입니다.

"여행은 목적지보다 누구와 가느냐가 더 중요하다."라는 말이 더 명언처럼 느껴진 이유가 있습니다. "우리가 인생을 살아가는 것은 먼 여행旅行을 가는 것과 같다."라는 말이 떠올랐기 때문입니다. 저는 학창 시절부터 지금까지의 제 삶이 문학과 깊이 연결되어 있었고, 문우들은 그 인생길의 동반자이었습니다.

천안문협은 회원이 많아서 숙박 여행이 쉽지 않았지요. 천안수필문학회는 예전에 인원이 적을 때, 승용차를 이용하면 경비를 줄일 수 있어서 코로나 기간을 제외하곤 25년 동안 꾸준하게 이어졌습니다.

이번 2박 3일의 문학기행은 좋았던 점이 더 많았지요. 수학여행은 많은 인원이 이동하기 때문에 주차장이 넓은 곳만 갈수 있었습니다. 이번 문학기행은 버스 한 대뿐이어서 이동이 자유롭고, 잘 알려지지 않은 명소 위주여서 더 좋았지요. 제주문학관, 예술인마을, 소천지, 여러 해변, 사려니숲길 등은 모두처음 방문한 곳이었습니다. 지면 사정으로 좋았던 점을 모두설명할 수 없어서 아쉽습니다.

더 좋았던 것은 평소에 들을 수 없었던 문우들 이야기를 많이 들을 수 있었던 점입니다. 첫날 저녁에 27명이 모여 앉아격의 없는 대화의 꽃을 피웠지요. 모두 문학 인생을 바탕으로자기소개를 하는 자리였는데, 그런 자리가 처음인 회원이 많아서 더 반갑고 훈훈했습니다. 2~3일 차의 일정은 장거리 이동 시간을 활용하여 몇 명의 심도 있는 이야기를 들었지요. 마

넷째 마당

치 좋은 특강을 듣는 느낌이었습니다. 걷는 시간이 길었던 새별오름, 예술인마을, 사려니숲길, 스위스 마을, 산굼부리 등을 걸을 때는 문우들과 처음으로 사적私的인 대화를 나누기도 했습니다. 바닷가 백사장에서는 맨발로 뜀박질하고, 춤추는 포즈의 사진을 찍으며 함박웃음을 터트리는 여성 문우들의 모습이 흐뭇했습니다.

창립 50주년 특별기획으로 이루어진 이번 문학기행은 밀월여행 그 이상이었지요. 고마운 분들도 많았습니다. 제주도에서 태어나 30년을 사신 깅성우 회징님께서 기금을 출연하여 이루어진 일이었지요. 꼼꼼한 준비와 짜임새 있는 프로그램의 진행, 회원 하나하나를 세심하게 배려하신 이정우 관장님의 공로도 잊을 수 없습니다.

또 하나, 말씀드려야 할 일이 있네요. 저에게는 아는 사람이 살고 있지 않은 멀게만 느껴지는 제주도인데, 그곳에 살고 있는 문우들의 가족이나 많은 친지가 있다는 것도 놀랄 일이었지요. 그들이 과분한 선물을 들고 우리 일행을 찾아준 것도 매우 고마웠습니다. 이렇게 창립 50주년 행사의 첫 테이프를 멋지게 끊었으니, 앞으로 이어지게 될 풍성한 행사가 더욱 기대됩니다.

자연이 어디 저 잘났다고 자랑하던가,

하늘이 언제 더 많이 가지겠다고 욕심부린 적 있나. 장자는
욕심을 버린 사람을 일러 하늘의 뜻에 따라 사는 사람이라
고 한다.

자연이 어디 저 잘났다고 자랑하던가,

하늘이 언제 더 많이 가지겠다고 욕심부린 적 있나. 장자는
욕심을 버린 사람을 일러 하늘의 뜻에 따라 사는 사람이라
고 한다.

하늘 아래 맑은 연못

- 수필가 김세관

김용순 / 충남문인협회 회장

하늘 아래 맑은 연못
- 수필가 김세관

김용순 / 충남문인협회 회장

윤재근이 쓴 『장자』의 목차를 훑어보다가 '하늘이 없는 시대'라는 소제목에 눈길이 멈춘 적이 있다. 여학교 시절부터 윤리 도덕 과목을 통하여 하늘의 뜻에 따라 살아야 한다고 배워왔고 간혹 욕심이 지나칠 때면 하늘이 무섭지도 않으냐는 꾸중을 들었다. 신문이나 방송에서는 '천벌을 받았다'는 말도 종종 사용되곤 했다. 천벌이 뭔가. 욕심이 과하면, 사람이 만든 법이나 윤리 도덕으로 벌하지 못하더라도 하늘이 반드시 벌한다는 말이다. 하늘은 우리의 모든 것을 내려다보는 지고한 존재였다. 그런데 세월이 변하여 오늘 이렇게 하늘이 없는 시대라는 글을 읽게 되었다. 이제는 잘못하더라도 벌할 수 있는 존재조차 없어졌다는 말인가.

과연 그럴까. 장자는 다른 페이지에서 하늘이 곧 자연이라고 한다. 자연스럽게 사는 게 하늘의 뜻이란다. 사람들이 자연의 품에 안겨 자연의 뜻에 따르며 나아가 자연의 일부로 살기를 꿈꾸는 것도 하늘의 뜻대로 살기 위해서일 것이다. 나도 그렇다. 그러나 안타깝게도 상당 부분 인위로 그것이 차단된 콘크리트 세상에 머물며 망설이고만 있다. 먼 산에 잔설이 자취를 감추기도 전에 봄을 알리는 샛노란 양지꽃이 설레게 할 테고 여름이면 청량한 숲 향기와 그것을 물어 나르는 산새 소리가 경쾌할 테지만, 좀 더 생각을 이어가다 보면 여름이면 달려들 온갖 물것들과 그것들이 사라지기를 기다렸다가 불어닥칠 골바람의 냉기 따위가 두렵기도 한 때문이다. 무엇보다 통장의 알량한 잔고가 손사랫짓하며 실행을 망설이게 했다.

여가 활동으로 가끔 자연에 대한 갈증을 달랠 뿐이다. 자연으로 돌아가 욕망을 적절히 조율하며 자연스럽게 사는 문단 선배 김세관 수필가를 떠올리면 부럽기만 하다. 그는 나와 달리 차근차근 준비한 사람이다. 교원으로 근무하는 37년 동안 교직원공제회비를 열심히 납부하여 퇴직과 동시에 상당한 환급금을 받았다. 그 돈으로 귀촌할 땅을 매입하여 훌쩍 떠났다.

가까이 살던 그가 정안면 어느 산골짝에 새 둥지를 튼 지도 십 년이 다 되었다. 올 4월호 한국교원공제회의 『The·K』 매거진 '생생지락生生之樂' 난에 그의 귀촌 생활이 자세히 소개되어 있어 다시 한번 엉덩이를 들썩거리게 한다.

「산촌에서 농사도 짓고 글도 짓습니다」라는 제목 아래 4페이지 분량의 내용에는 자연에 묻혀 사는 그의 꽃길이 잘 나타나 있다.

수필가 김세관은 1952년 금산의 저수지가 있는 두메에서 태어났다. 저수지는 물비늘이 반짝이는 동화 속의 배경을 연상하게 하지만, 머리를 풀어 헤친 물귀신이 솟구치는 공포의 대상이기도 했다고 어느 수필에서 회고한 걸 보면 일찍부터 자연에 대한 경외심을 키워온 듯하다.

벽촌에서 자라느라 책을 가까이할 형편은 못 되었다. 그가 글과 가까이하기 시작한 때는 5년제 대전농업고등전문학교에 입학하면서부터이다. 그때 학보사 기자로 교지를 편집하고 학교신문을 발행하며 책을 가까이하기 시작했다. 그러던 중 4학년, 그러니까 대학 1학년 때 아버지가 갑자기 돌아가신다. 다행히 학교 추천으로 야간 직장을 구해 1년 반 동안 월급을 받았고, 그 돈을 모아둔 것이, 등록금이 저렴하고 기숙사 생활이 가능한 서울시립대학교에 편입하여 학업을 계속할 수 있는 밑거름이 되었다.

병역을 마치고 취직을 준비할 때 잠시, 아주 잠깐 갈등했다. 당시엔 중동에 건설인력이 대거 진출하는 시기여서, 토목 기술자가 부족했다. 토목공학을 전공한 그는 바로 취직이 가능할 뿐 아니라 급여도 넉넉히 받을 수 있는 상황이었다. 그러나 교사의 길을 선택했다. 철학자이자 수필가로 대학에서 후학을 가르치던 안병욱 교수의 강연에 깊은 감명을 받았을 뿐 아니라 덕체지 삼육三育을 기본 교육철학으로 삼고 있는 홍사단의 일원으로 활동한 때문이었다. 그는 감수성이 예민한 고등전문학교 1학년 때 도산 사상을 접했다. 홍사단의 설립자 도산 선생과 홍사단 사상에 심취하여 젊은 시절을 보낸 셈이다. "죽더라도 거짓말을 하지 말라."는 말, 독립운동 지도자에 대한 총검거령이 내려졌을 때 동지들의 만류를 뿌리치고, 어떤 어린 이와의 약속을 지키기 위해 나섰다가 제포되어 순국하시게 된 일 등이 그의 뇌리에 깃발로 각인되었다. 그런 연유로 2016년에 『대전홍사단 50년사』를 편찬할 때 편집 책임자로서 중추적 역할을 하였다.

교사의 길을 택한 이후 20년 동안 천안농고와 서산농림고에서 근무했고, 근무 중에 부전공 강습을 통해 환경 교사 자격증을 받아 17년간 충남예술고, 온양고, 온양용화고, 천안여중에서 환경 교사로 근무했다. 교사 생활을 시작하면서 그가 존경하는 안병욱의 수필을 읽으며 수필을 써 보고 싶은 욕구가 발동했다.

그가 쓰는 수필은 물처럼 맑다. 문학으로서 수필이란 장르가 그렇기도 하지만, 특히 그의 수필에서는 '나'가 허구적 가공 없이 그대로 드러난다. 그가 쓰는 수필은 그의 삶처럼 문장에서는 군더더기 없이 단락을 이루고 다음 단락을 향해 매끄럽게 흐른다. 주제 또한 물속 풍경을 보는 듯 뚜렷하고 분명하다. 평론가 윤성희는 그의 첫 번째 수필집의 작품평을 통해 "산골이거나 바다이거나, 자연은 삶의 배경으로서만 의미화되고 주관화될 뿐이다. 그리하여 자연은 풍경이 아니라 그의 삶의 일부인 것이다."라고 했다.

직장 생활을 병행하며 글을 쓰다 보니, 이런저런 사정으로 수필집 발간이 늦었다. 1978년 천안문인협회에 가입하고, 1990년에 《수필문학》으로 추천 완료했지만, 22년이나 지나 첫 수필집 『내가 정말 헐~인데』를 발간한다. 이어 2018년에 야구 수필 『내일도 홈런』을 발간한다. 그가 야구광이고 한화이글스의 열혈 팬이라는 사실은 아마 동네 개도 다 알 것이다. 그만큼 그의 야구사랑은 대단하다. 수필과 야구 중 하나를 선택하라면 어떤 대답이 나올까 궁금하다.

자투리 시간에 수필을 쓰던 김세관은 전업 작가가 매우 부러웠다. 그래서 오래전부터 퇴직할 날을 기다려 오다가 현재는 전업 작가가 부럽지 않게 산촌에 묻혀 산다.

산촌에 살면서 스스로 가꾼 수확물로 식탁을 차리는 기쁨, 아니 심지 않았는데 저절로 잘 자라는 머위를 비롯한 두릅, 달래, 고사리 등 고급 산채를 즐기며 글을 쓴다. 농사라고 해 봐야 이미 밤나무가 심어진 땅이기에 특별할 것은 없다. 자투리땅을 가꾸며 덥지 않은 시간에 잡초를 뽑아 주는 정도이다.

그러면서 자연을 배우며 하늘의 뜻에 순응한다. 뜨락에 심은 토종 오이가 얼마 안 가서 어른의 키 정도로 자라기에 열매 맺을 날을 손꼽아 기다리는데, 어느 날 아침에 보니 밑동이 똑 부러져 있었다. 놀랄 것도 없이 고라니가 다녀간 흔적이었다. 오이 수확량이 줄어들게 됐다는 생각보다도 하나의 생명체가 희생되는 안타까움에, 사람의 상처에 붙이는 밴드로 감아주었다. 회생할 가능성이 거의 없다고 여기면서도 그냥 했던 일이었는데, 잎들에 생기가 계속 유지되고 끝내 노란 꽃을 펼치너니 오이를 주렁주렁 매달았다.

어느 날은 빈 밤송이를 태우다가 불길이 산으로 번져 크게 고생하기도 했다. 당시는 너무나 당황하여 꿈을 꾸고 있는 듯하였고, 목이 타들어 가는 고통을 겪었다. 소방대원들에게 공급되는 생수가 왔을 때, 이웃 아주머니가 제일 먼저 그에게 권한 물 한 병을 지금도 잊을 수 없다고 한다. 불을 낸 부끄러움 때문에 차마 물을 마시지 못하고 들고 있기만 했지만.

그러한 귀촌 이후의 경험담을 모은 글이 세 번째 수필집『山村의 소확행』이다. 이 수필집이『The·K』매거진 기자의 눈에 들어 인터뷰로 이어지고 4쪽 분량으로 다시 집중 조명되기도 했다.

그는 글쓰기를 시작한 지 오래 되었어도 글쓰기가 쉬운 것은 아니더라고 한다. 네 번째 수필집을 준비하는 소회를 다음과 같이 밝히기도 했다.

"저는 비교적 쉬운 수필을 쓰고 있지만, 글을 쓰는 일이 만만치는 않습니다. 귀촌해서만 두 권의 수필집과 두 권의 3인 작품집이 출간됐어요. 그리고 창작물은 아니지만, 『대전흥사단 50년사』, 『충남예총60년사』, 6년간 문화원의 근현대 구술채록 사업에 참여한 20편의 스토리텔링 등 많은 원고를 썼지만, 쓸 때마다 긴장하고 밤을 설치는 일도 많습니다."

그는 작가적 소질은 부족하다고 겸손의 말을 자주 하지만, 문학 활동에 대한 열정만은 크다고 자부한다. 서산에서 5년 동안 문학회 일원으로 활동할 때는 월례 모임에 한 번도 빠진 일이 없었다. 회장을 비롯한 다른 임원들도 할 수 없었던 일이었다. 천안수필문학회의 초대 회장을 맡았을 때는 6년간이나 열정을 쏟기도 했다.

수필은 자기 고백의 문학이라고 하듯이, 그는 담담하게 자기가 살아온 이야기를 담은 수필을 좋아한다. 제재에 특별히 의미를 부여하지 않더라도 그런 내용의 수필도 감동을 줄 수 있다고 믿는다. 다만 감동을 주기 어렵다면 읽는 재미라도 있게 쓰고 싶었다. 그런 그에게, 수필은 품격의 문학이라는 말씀과 함께 억지로 웃기려는 글은 피하라던 어떤 선배의 조언을 염두에 두고 최소한 읽히는 수필은 되어야겠다는 생각에 참신한 소재를 구한다. 일테면 야구 수필도 그렇고, 귀촌 생활을 담은 『산촌의 소확행』도 그만의 소재 발굴이다. 이번에 출간하는 네 번째 수필집의 주제 '수필로 음미하는 생활 속 명언'도 그런 맥락이다.

그는 자칭 수필 예찬론자이다. 시詩도 좋고 재미있는 소설을 읽고 소설가의 꿈을 꾸기도 했지만, 이공계 전공자로서 선뜻 펜을 들기는 쉽지 않았다. 대신 수필가의 길을 선택했다. 수필의 최대 장점은 용이한 접근성이라고 생각했다. 독자의 입장이나 수필을 쓰는 입장이나 모두 그렇다고 여겼다. 의현사명義玄詞明, 문단의장文壇意長의 깊은 뜻을 미처 헤아리지 못하던 시절, 쉬운 문장의 수필을 읽으며 본인도 쓸 수 있겠다며 입문했다. 그러나 30년 넘게 수필을 쓰다 보니 쓸수록 어렵게 여겨진다는 속내도 살짝 내비친다. 더 좋은 작품을 쓰기 위한 노력이 부족했던 점에 대해 자책하며, 안고수비眼高手卑나 일모도원日暮途遠이란 말로 작가 생활을 돌아보는 소회를 대신하였다.

자연이 어디 저 잘났다고 자랑하던가, 하늘이 언제 더 많이 가지겠다고 욕심부린 적 있나. 장자는 욕심을 버린 사람을 일러 하늘의 뜻에 따라 사는 사람이라고 한다. 사람살이가 갈수록 복잡해지는 건 욕심 탓인 건 분명하다. 그 욕심이 각각 다르기에 서로 간에 갈등이 생기고 사회가 삭막해지고 심지어 하늘이 없는 시대라는 말까지 읽어야 하는 세상이다. 하늘의 입장에서 보면 이러한 사람의 짓은 참으로 허무맹랑할 것이다.

하늘처럼 욕심을 모두 버리기가 어디 쉬운 일인가. 그렇더라도 자연에 순응하며 인간 사회의 구성원으로 더불어 살아온 습속을 도덕이라고 해석할 때, 적어도 수필가 김세관은 욕심을 조율할 줄 아는 도덕적인 사람임이 분명하다. 그런 사람이 우리 사회의 일원이라는 사실이 고마울 뿐이다. 그의 속내는 맑아서 훤히 비치는 숲속 맑은 물 같다. 그 물 위에는 지고한 하늘이 있고 때로는 그 하늘이 물속으로 내려와서 함께 놀다가 해가 지면 올라가기도 할 테다.

작가연보를 대신하여

한국교직원공제회 사보 『더K매거진』

인터뷰 질문지 답변 자료

한국교직원공제회 사보 『더K매거진』

인터뷰 질문지 답변 자료

※ 필자 주 : 인터뷰 내용이 4×6배판의 네 쪽에 실렸습니다. 많은 대화를 나누었지만, 사진이 반을 차지하고 제 이야기는 매우 적게 실렸지요. 그 내용이라도 이 책에 싣고 싶었는데 저작권 문제가 있었습니다. 인터뷰 작가가 정식 직원이 아니어서 회사에 문의하라고 하여 포기했습니다. 작품을 쓰듯이 꼼꼼하게 준비한 내용을 버리기 아까워, 작가 연보를 대신하여 첨부합니다. 자료를 만들다 보니, 제가 살아온 과정을 정리한 느낌이었기 때문이기도 하지요. 참고로 더K매거진은 한국교직원공제회의 사보로, 그 내용은 홈페이지의 금년 4월호에서 찾아볼 수 있습니다.

1. 먼저 간략한 본인 소개를 부탁드립니다.

인사말씀 및 본인소개 생략

- 특별한 것이 없다고 하셨는데, 그래도 특별한 점을 꼽아보
 시지요.

오래전에 있었던 어떤 분의 말씀이 생각납니다. 서로 잘 모르는 20명 정도가 모여 자기소개를 하게 되었지요. 한 분은 연세가 많았는데 이렇게 말씀을 시작하셨어요. "저는 나이가 너무 많아서 죄송합니다." 그래서 모두 웃음을 터트렸습니다.

이제 제가 그런 말을 해야 할 나이가 되었나 봐요. 저의 어린 시절은 옛날이야기가 되었지요. 더구나 심산유곡이어서 제 위로는 중학교에 진학한 사람이 거의 없었습니다. 그야말로 동네 부자이거나 수재만 가능했던 일인데, 저는 그렇지 않으면서 대학을 졸업할 수 있었습니다. 그걸 특별한 행운이라고 할 수 있겠습니다.

- 그럼 고학을 하셨나 봐요.

당시는 대부분 고생했지요. 지금은 없어진 5년제 고등전문학교를 다녔는데, 4학년, 그러니까 대학 1학년 때 아버지가 갑자기 돌아가셨어요. 학교 추천으로 야간 직장을 구해 1년 반

동안 월급을 받았습니다. 그 돈을 모은 것은 등록금이 매우 저렴하고 기숙사 생활이 가능한 서울시립대학교에 편입할 수 있게 해 주었습니다. 어머니께서 고생이 많으셨지요. 제가 받은 월급을 드렸을 때, "네가 고생해서 받은 돈이니, 두었다가 요긴한 곳에 쓰라."고 하셨어요. 그렇게 모아둔 금액이 1년 등록금과 기숙사비가 되어서, 편입할 용기를 낼 수 있었습니다.

2. 먼저 교직에 계셨을 때 이야기를 먼저 듣고 싶습니다.

병역을 마치고 취직을 준비할 때, 갈등이 좀 있었습니다. 당시엔 중동에 건설 인력이 대거 진출해서, 토목 기술자가 부족했어요. 바로 취직이 가능하고 급여도 교사보다 세 배 정도 높았는데, 교사가 되려는 저를 주변 사람들은 적극 만류했습니다.

- 그렇게 교직을 고집한 이유가 무엇이었나요?

안병욱 교수님의 강연을 듣고, 흥사단 활동을 한 것이 이유라고 할 수 있습니다. 더K매거진의 사무실이 도산대로에 있어서 매우 반가울 정도로, 제 젊은 시절은 온통 도산 선생과 흥사단 생각뿐이었어요.

 작가연보를 대신하여

- 제가 갖고 있는 정보에 의하면, 토목 과목과 환경 과목을 가르쳤다고 돼 있어요.

예, 대학에선 토목을 전공해서 20년 동안 천안농고와 서산농림고에서 근무했고, 근무 중에 부전공 강습을 받아 환경 교사 자격증을 취득하고 17년간 충남예술고, 온양고, 온양용화고, 천안여중에서 환경 교사로 근무했습니다.

- 교직 생활에 대한 소회도 말씀하시지요.

흔히 농고 교사로 근무하면 보람이 적은 줄 알더군요. 그렇지 않습니다. 70년대 80년대엔 천안농고, 서산농림고에는 성실한 학생이 많았고, 사회적으로 성공한 제자도 아주 많습니다. 전공과목 교사는 3년 동안 초등학교 담임처럼 수업의 대부분을 담당해서 정도 많이 들지요. 지금은 제자들과 만나는 즐거움이 매우 큽니다.

3. 교직 생활 중 한국교직원공제회에 대해 알고 계셨나요?

그냥 알고 있는 정도가 아니지요. 공무원은 연금을 받기에 퇴직금이 없다고 해서, 30년 넘게 열심히 납부하고 1억 정도 받았어요. 또 연금을 받아도 퇴직금이 1억 남짓 되어서, 그 돈으로 귀촌할 땅을 매입했지요. 교직원공제회가 제겐 고맙기만 합니다.

4. 작가님의 저서 '산촌의 소확행'을 통해, 최근의 생활을 짐
   작하고 있습니다. 언제부터 산촌 생활을 시작하셨나요?

2014년 2월에 퇴직했어요. 선배들로부터 퇴직하면 갑자기 아침을 먹고 갈 곳이 없게 되는 점이 어렵다는 말을 많이 들었어요. 그 적응 기간으로 생각하고 적은 임금의 임시 직장을 구했습니다. 근무 부담이 없어서 2년 동안 귀촌할 땅을 보러 다니며 고생했습니다. 차를 타고 지나가면서 바라보는 풍경은 아름답지만, 가까이 가서 살펴보면 만족하기가 어렵지요. 공인중개사가 데리고 다니며 장점을 설명하는데, 마음에 들지 않는다고 하기는 미안했어요. 2억 정도로 마음에 드는 땅을 구하기는 어려웠습니다. 2년을 헤매다가 천재일우로 좋은 땅을 만났지요. 자세히 알아보면 또 사지 못하게 될까 걱정되어, 조금만 금액을 낮추어 달라고 해서 바로 계약이 이루어졌습니다.

- 언제부터 산촌 생활을 생각하고 준비해 오셨는지 궁금합니다.

시골 출신인 점도 그렇고, 저는 귀농이 아닌 귀촌이지요. 다들 귀농한 줄 알고 어떤 농사를 짓느냐고 묻곤 합니다. 저는 작은 밤나무밭이어서 농사는 소꿉장난 수준이고, 글 농사를 짓기 위한 귀촌이라고 대답합니다. 직장 생활을 하며 글을 쓰다 보니, 전업 작가가 매우 부러웠지요. 그래서 오래전부터 퇴직할

                        작가연보를 대신하여

날만을 기다렸습니다. 따라서 산촌 생활에 대한 준비도 별로 없었지요.

5. 농촌에 정착하는 것이 순조롭지 않았겠지요. 어떤 시행착오를 겪으셨나요?

시행착오보다는 엄청난 죄를 저질렀어요. 말씀드리기가 너무 부끄럽습니다. 시골에서 이른 봄이면 크고 작은 산불이 많이 발생하는데, 귀촌한 사람들의 실수가 많다고 합니다. 제가 사는 인근에서, 혼자 불을 끄려다 돌아가신 분도 있지요. 또, 밤나무를 잘 가꾼 산을 태우고, 바로 시골을 떠난 사람도 있습니다.

제가 특히 부끄러운 이유는 환경 과목을 가르치면서, 산불의 피해를 역설했기 때문입니다. 또 산불 소식을 전하는 뉴스를 볼 때마다 불을 낸 사람을 미워하는 마음이 매우 컸습니다. 귀촌하는 사람을 만난다면, 제 경험담을 자세히 설명하고 싶습니다.

6. 산촌 생활의 행복도 크리라 생각합니다. 어떤 점을 최고로 꼽고 싶으신가요?

최고를 꼽으라면 하나만 얘기하라는 말씀인데, 하나만 꼽기는 어려울 정도로 많습니다. 제가 가꾼 수확물로 식탁을 차리는 기쁨, 아니 심지도 않았는데 저절로 잘 자라는 머위를 비롯한 두릅, 달래, 고사리 등 고급 산채가 수없이 많습니다. 또 이미 땅을 매도한 사람이 심어서 거목이 된 밤나무 열다섯 그루, 감나무 네 그루, 호두나무 세 그루 등에서 나오는 수확량도 엄청납니다. 제가 귀촌한 정안은 밤이 특산물입니다. 밤이 그렇게 좋은 식품인지도 몰랐고, 조금 과장한다면 8월 말부터 이듬해 2월까지는 밤이 저의 주식입니다. 열다섯 그루에서 그렇게 많은 밤이 떨어지는 게 신기합니다.

7. 농사를 지으며 어떻게 시간을 보내고 계신가요?

이미 말씀드린 대로 특별한 것은 없습니다. 흔히 시골 생활은 잡초와의 전쟁이라고 하지요. 사람이 사는 곳처럼 모양을 갖추려면, 봄부터 초가을까지 하루에 한두 시간은 제초 작업에 매달려야 하고 이것저것 일이 많지요. 여름에는 땡볕에 일을 할 수 없어서 새벽 세 시에 일어납니다. 아침을 먹고 어둠이 채 걷히기 전에 일을 시작해서 해가 솟기 전까지 피치를 올려야 해요. 그래도 여름에는 땀을 많이 흘립니다.

- 산촌의 일상과 관련해 소개하고 싶은 일화가 있다면 말씀
  해 주세요.

토종 오이를 가꾸면서 매우 신기한 경험을 했어요. 어른의 키 정도로 자라서 열매를 맺을 때만 기다리면 되었는데, 아침에 살펴보니, 밑동이 똑 부러져 있는 거예요. 고라니 때문이겠지요. 수확량이 줄어드는 게 문제가 아니고, 하나의 생명체가 희생되는 아픔이 컸지요. 안타까운 나머지 회생 가능성이 없다고 보면서도, 상처에 붙이는 밴드로 감아주었습니다. 세상에나, 잎이 시들어 있는 모습을 상상하며 매일 아침 살펴보는데, 계속 좋은 상태를 유지하다 제대로 열매까지 맺는 모습이 감동이었습니다.

8. 많은 이들이 산촌 생활을 꿈꿉니다. 요즘은 젊은 세대도 도시와 농촌을 오가며 생활하고요. 귀촌을 준비하고 실행하는데 조언할 내용이 있으실까요.

전원생활은 좋은 점이 있는 만큼 불편한 점도 있지요. 전원생활을 동경하는 마음이 크다면 후회하지 않을 마음의 준비가 필요하고, 힘든 일을 감수할 수 있어야 합니다. 실제로 귀촌에 성공하지 못하고 U턴하는 경우도 많습니다.

문제는 집을 제대로 지으려면 기본적으로 4억이 넘는 투자가 필요합니다. 요즈음 건축 자재가 폭등해서 또 달라졌을 거예요. 많은 돈을 투자하고 나서 형편에 따라 다시 도시로 돌아가려 할 때 팔리지 않아 고생하는 사람이 많습니다. 저렴한 이동

식 주택을 작은 별장으로 이용하는 방법도 있겠지요. 정원을 크게 꾸미지 않고, 전망이 아름다운 곳에서, 눈에 보이는 것이 다 내 정원이라고 생각하면 됩니다.

저도 용기가 필요했습니다. 주저하게 만드는 생각이 들었을 때, 떠오른 말이 있습니다. 어느 철학자가 "결혼은 해도 후회하고, 안 해도 후회한다. 그렇다면 하고 후회하는 것이 낫다."는 말이지요.

9. 작가님께 산촌 생활은 어떤 의미를 담고 있나요?

앞에서 언급한 것처럼 글을 쓰는 데 도움이 컸지요. "글은 고독의 산물이다."라고 말한 사람이 있어요. 저는 비교적 쉬운 수필을 쓰고 있지만, 글을 쓰는 일이 만만치 않습니다. 귀촌해서 두 권의 수필집과 세 권의 3인 작품집이 출간됐어요. 그리고 창작물은 아니지만 대전흥사단 50년사, 충남예총 60년사, 6년간 문화원의 근현대 구술채록사업에 참여한 20편의 스토리텔링 등 많은 원고를 쓸 수 있었습니다. 네 번째 개인 수필집도 마무리 단계에 있습니다.

10. 말씀하신 것처럼 작가로도 활동하고 계세요. 이에 대한 말씀도 해주십시오.

 작가연보를 대신하여

제가 종합대를 다녔으면 기회가 주어지지 않았을 텐데, 학교 신문이나 교지의 편집장을 맡았던 일이 문인의 길로 안내했습니다. 78년 첫 발령을 받던 해 한국문인협회 천안지부에 입회할 수 있었던 것도 행운이었지요. 저는 작가적 소질이 부족한 줄 알지만, 문학 활동에 대한 열정은 크다고 자부합니다. 서산에서의 문학회 월례모임은 5년 동안 100% 출석했는데, 회장을 비롯한 다른 임원들도 없었던 기록입니다. 특히 천안수필문학회는 초대 회장을 맡아 6년간 정을 많이 쏟았습니다. 좋은 글 쓰는 재미로 문학 활동을 했어야는데, 문학기행을 비롯해 문우들과 어울리는 재미가 더 컸지요.

11. 작가로서 작품을 쓰는 것도 보람 있는 일이지만, 많은 일을 하셨네요. 특별히 애정을 느끼는 작품은 무엇인가요?

두 번째 수필집은 야구수필집인데, 제가 야구에 살고 야구에 죽는다는 야생야사의 야구광이거든요. 어떤 출판사에서 35% 인세의 좋은 조건으로 출판했지요. 그 글은 한화이글스 팬카페에 올리기도 했습니다. 한화팬은 충성도가 높기로 유명합니다. 지난해 무려 47회의 매진 기록을 보일 정도였으니까요. "기대가 크면 실망도 크다."더니 인세 수입은 별로였습니다.

물론 돈을 벌려고 글을 쓰는 것은 아니지요. 저의 큰 자랑은 야구와 직접적으로 관련이 없는, 일테면 선수 출신도 아니고 야구 기자 출신도 아닌 순수한 팬으로서 야구 수필집을 낸 유일한 작가라는 점이었어요. 말이 길어졌지만, 한 말씀만 보태겠습니다. 최근 야구 용어나 경기 진행 규정이 많이 바뀌었어요. 그 내용들이 제가 KBO 독자게시판에 글을 올린 뒤에 이루어졌는데, 제 글을 읽고 바꾼 것인지 매우 궁금합니다.

- 작품을 쓰시면서, 염두에 두시는 작가 정신에 대해서도 한 말씀 부탁드립니다.

철학 교수가 쓰는 수필도 자기의 철학을 담으려는 의도를 드러내는 경우는 거의 없지요. 수필은 자기 고백의 문학이라고 하듯이, 담담하게 자기가 살아온 이야기를 담은 수필을 좋아합니다. 그런 내용의 수필도 감동을 줄 수 있다고 봅니다. 그렇게 독자에게 감동을 주는 수필을 쓸 수 있다면 좋겠지만, 그것이 쉬운 일이 아니라는 자각自覺은 있었지요. 그렇다면 재미라도 있어야 한다는 생각을 했습니다. 어떤 선배께서 수필은 품격의 문학이라는 말씀과 함께, 억지로 웃기려는 글은 피하라고 하셨습니다. 그래서 갖게 된 생각은 최소한 읽히는 수필은 되어야겠다는 것입니다. 특히 저 만의 독특한 내용을 연작으로 쓰려고 노력했지요. 일테면 야구 수필도 그렇고, 귀촌 생활을 담은

　　　　　　　　　　　　　　　　　　　작가연보를 대신하여

『산촌의 소확행』도 그렇습니다. 출판을 앞두고 있는 '수필로 음미하는 생활 속 명언'도 제 깜냥 좋은 주제의 선택이었다는 마음입니다.

12. 지금까지 살아오면서 작가님의 생활에 큰 영향을 준 것은 무엇인가요?

고등학교 1학년, 한창 감수성이 예민한 때, 도산 사상에 심취하게 되었습니다. 선생님께서는 "죽더라도 거짓말을 하지 말라."고 말씀하셨어요. 독립운동 지도자에 대한 총검거령이 내려졌을 때의 일입니다. 동지들의 만류를 뿌리치고, 어떤 어린 이와의 약속을 지키기 위해 나섰다가 체포되어 순국하시고 말았습니다.

많은 분이 말씀하시는 도산 선생님의 훌륭한 인격을 흠모하게 되면서, 약속을 생명처럼 여기는 강박증에 시달리게 되었습니다. 자세한 말씀은 드릴 수 없지만, 그 영향으로 감당하기 힘든 빚을 떠안게 되기도 했지요. 그것은 저를 바보로 만든 부끄러운 일이기도 합니다. 이제 상처는 아물었지만, 지금도 어떤 약속의 날이 임박하면 그 약속을 지킬 수 없게 될까 싶어서 미리 걱정하곤 합니다. 중요하지 않은 약속도 시간을 확실하게 지키기 위해, 한 시간 전에는 약속 장소에 도착해야 마음이 놓입니다.

13. 문학 중에서도 수필을 쓰시게 된 동기는 무엇인가요?

저는 자칭 수필 예찬론자입니다. 시詩도 좋고 재미있는 소설을 읽고 소설가의 꿈을 꾸기도 했습니다. 그러나 이공계 전공자로 쉽지 않은 일이었습니다. 수필의 최대 장점은 쉬운 접근성입니다. 독자의 입장이나 수필 작가의 입장이나 모두 그렇습니다. 쉬운 문장의 수필을 읽으며 저도 쓸 수 있겠다며 욕심을 내 보았던 것이지요. 제가 살아온 이야기를 쓰는 것은 제 주변 사람과 대화하는 느낌이고, 그를 바탕으로 정을 나누게 되기도 했습니다. 제 글을 읽고 독서하는 취미를 갖게 되었다며, 고맙다는 인사를 하신 분도 여러 명입니다.

- 그렇다면 수필은 작가님께 어떤 의미를 갖고 있다고 하실 수 있겠는지요?

물론 생업인 교사로서 책임을 다하기 위해 시간의 대부분을 활용했다면, 나머지 시간의 대부분은 수필을 읽고 쓰는 시간이었지요. 교사로서의 생활이 보람이었다면, 수필가로서 생활은 즐거움이었습니다. 제가 만난 수필가는 고맙게도 인간미가 넘치는 분들이었습니다. 그분들과의 만남이 제 여가 생활의 8할을 차지했다고 봅니다.

 작가연보를 대신하여

- 긴 세월, 작가로 살아오신 감회는 어떠신가요?

이미 말씀드렸네요. 더 좋은 작품을 쓰기 위한 노력이 부족했던 점에 대한 자책입니다. 100세 시대라고 하고 김형석 교수님 같은 분도 계시지만, 안고수비眼高手卑나 일모도원日暮途遠이란 말을 떠올리게 됩니다.

14. 작가께서 앞으로 꼭 이루고자 하는 목표는 무엇인가요?

저는 욕심 없이 살아온 사람이라는 자랑을 많이 했습니다. 꼭 이루고 싶은 어떤 욕심은 없지요. 그러나 글은 더 쓰고 싶고, 욕심인지 모르겠지만 80대 중반이 되면 자서전도 한번 생각해 보겠습니다. 나름대로 열심히 살아온 내용은, 어쩌면 가족을 비롯한 저를 아는 사람들에겐 최소한 읽을거리가 될 수 있겠다는 마음입니다.

15. 끝으로 은퇴를 앞둔 후배들에게 어떤 조언을 해주실
　　수 있을까요?

바쁘게 살다가 퇴직하면서 갑자기 무료함을 느끼거나, 외로움을 걱정하는 사람이 있겠지요. 열심히 사람을 만나라고 권유하는 사람도 있는데, 성격에 따라서는 그것도 한계가 있습니

다. 저는 외로움을 즐길 수 있는 지혜를 말씀드리고 싶어요. 또 텃밭을 가꾸거나 독서, 글쓰기 등 혼자 할 수 있는 취미를 찾는 것도 좋겠습니다. 노후를 걱정하는 사람이 많다고 합니다. 그러나 은퇴 후에도 어떻게 보내느냐에 따라 얼마든지 즐거운 나날이 이어질 수 있다는 말씀을 드립니다.

                                                작가연보를 대신하여